FUSION FANTASTIC STORY

박선우 장편소설

스크린의 별 7

박선우 장편소설

초판 1쇄 찍은 날 § 2018년 2월 5일
초판 1쇄 펴낸 날 § 2018년 2월 12일

지은이 § 박선우
펴낸이 § 서경석

총괄팀장 § 최하나
편집 § 이지연

펴낸곳 § 도서출판 청어람
등록번호 § 제387-1999-000006호
등록일자 § 1999. 5. 31
어람번호 § 제1-2843호

주소 § 경기도 부천시 부일로 483번길 40 서경B/D 3F (우) 14640
전화 § 032-656-4452 팩스 § 032-656-4453
http://www.chungeoram.com
E-mail § chungeorambook@daum.net

ISBN 979-11-04-91638-0 04810
ISBN 979-11-04-91447-8 (세트)

스크린의 별

FUSION FANTASTIC STORY

박선우 장편소설

7

도서출판
청어람

CONTENTS

제45장
가왕 I

"여러분, 새로운 가왕이 탄생했습니다. 몬테크리스토 백작이 마징가제트를 꺾고 새로운 가왕에 등극했습니다. 투표 결과는 118 대 81이었습니다. 축하합니다!"

김성준의 멘트가 공개홀에 울려 퍼지자 환호성과 탄성 소리가 섞이며 커다랗게 터져 나왔다.

이번에도 박빙이 될 거란 예상을 깨고 표 차이가 꽤 났기 때문이다.

패널들, 특히 이수현과 유미진은 투표를 누구에게 했는지 금방 알아챌 수 있을 정도로 대놓고 좋아했기에 사람들의 이

목을 끌었다.

결과가 나오자 마징가제트가 강도영에게 다가와 악수를 청했다.

"이런 결과가 나올지 알았어요. 축하합니다."

"감사합니다."

"당신의 정체가 누군지 정말 궁금합니다. 하지만 지금은 알려줄 수 없을 테니 나중에 알아야겠네요. 어쨌든 계속 성원하겠습니다."

강도영은 뭐가 뭔지 도무지 알 수 없었다.

내가 왜 가왕이 되었단 말인가. 정말 이해할 수 없는 일이었기에 마징가제트와 악수를 나누면서도 당황함을 숨기지 못했다.

갑자기 정장을 입은 사람들이 다가와 황금 가면과 검은색 망토를 그에게 씌워줬다.

너무 얼떨떨했고 당황스러워 그들이 하는 대로 그냥 서 있었다.

이러면 안 되는데, 이게…….

스케줄 일정이 머릿속에 떠오르며 이승환의 얼굴이 시뻘겋게 변하는 게 눈으로 들어왔다.

광고 촬영 일정과 팬 사인회, 그리고 다음 작품에 대한 격정 때문에 가왕이 되었음에도 그는 당혹스러움을 감추지 못했다.

그럼에도 김성준은 자신의 진행을 잊지 않고 그를 괴롭혔다.

"몬테크리스트 백작 님, 소감 한마디 해주시죠."

"제가, 가왕이 된 거 맞나요?"

"그렇습니다. 투표 결과가 나와 있잖아요. 왜 그러시죠?"

"아니, 그게⋯ 너무 당황스러워서⋯⋯."

강도영이 어쩔 줄 모르는 걸 보면서 김성준은 쓴웃음을 지었다.

가왕이 되었음에도 좋아하지 못하는 그의 모습.

지금까지 가왕으로 등극한 사람들은 많았지만 이런 모습은 처음이다.

하지만 김성준은 그 이유를 너무나 잘 알기에 강도영의 어색해하는 모습이 충분히 이해가 갔다.

그렇다고 그가 강도영의 처지를 감안해서 자신의 본분을 잊은 것은 아니었다.

"가왕이 되었는데 상당히 불편해하시네요. 이거 이래도 되는 겁니까?"

"행사 때문에 그렇죠, 맞죠!"

김성준이 익살을 떨자 패널석에 있던 김구영이 소리를 질렀다.

그는 강도영이 마음껏 기뻐하지 못하는 게 행사가 겹쳤기 때문일 거란 착각을 하고 있는 모양이었다.

두 사람의 익살에 패널들이 중구난방으로 떠들었고 방청객의 입에서는 폭소가 터져 나왔다.

"자, 자. 조용히 하시고. 다시 한 번 새로운 가왕의 소감을 들어보겠습니다."

"감사합니다. 이렇게 영광된 자리에 앉게 될 줄은 꿈에도 생각하지 못했는데 가왕으로 뽑아주셔서 감사드립니다. 다음에도 더 좋은 노래로 만나 뵙도록 하겠습니다."

"하하하… 진작에 그렇게 했어야죠. 자, 그럼 새로운 가왕님의 행진이 있겠습니다. 뜨거운 박수 부탁드립니다."

*　　　　*　　　　*

강도영이 대기석으로 빠져나오자 눈이 빠지게 기다리고 있던 이승환과 윤철욱이 그를 끌어당겨 의자에 앉히고 신문을 시작했다.

그들은 밖에서 강도영이 가왕에 등극한 것을 지켜보며 턱이 빠진 사람처럼 입을 벌리고 말았다.

새로운 재능이 발견되었고 그로 인해 '페이스'에 엄청난 신세계가 열렸지만 막상 강도영이 가왕으로 등극하는 순간 눈앞이 노래질 수밖에 없었다.

복면가왕에 출연하겠다는 강도영의 고집을 가로막지 않은 이유는 부모님을 위해 자식으로서 효도를 하겠다는 그의 말을 꺾을 수가 없었고 히어로에 이어 신비한 남자, 광개토대제까지 연타석으로 대박을 터뜨리며 대한민국 최고의 슈퍼스타로 떠올랐음에도 제대로 인사조차 하지 못했기에 대국민 서비스 차원에서 필요하다는 판단을 내렸기 때문이다.

　그런데 이런 결과가 나오자 어이가 없어 말조차 제대로 나오지 않았다.

　복면가왕은 한 번 녹화해서 2주 동안 방송하는 체제였지만 노래를 정한 후 편곡을 통해 연습하는 과정을 거쳐야 했기 때문에 꽤 많은 시간을 뺏길 수밖에 없어 빡빡한 스케줄의 전면 수정이 필요했다.

　이승환이 강도영을 향해 소리를 버럭 지른 것은 그런 이유 때문이었다.

　"야, 하루 놀고 오겠다더니 가왕까지 올라가면 어떡해?"

　"글쎄 말이에요. 어쩌죠?"

　"어이구, 속 터져. 그걸 왜 나한테 물어. 네가 저질러 놓고!"

　"지금이라도 그만둔다고 할까요?"

　"상도덕이라는 게 있는데 그걸 말이라고 해. 가왕이 그만둔다고 그만둬지는 자리냐?"

　"아무래도 그건 안 되겠죠… 거참, 난감하네요."

"제기럴, 이렇게 됐으니 어쩔 수 없고 다음번에는 반드시 떨어져. 그때까지의 스케줄은 어떡하든 맞춰보지, 뭐. 윤 실장 되겠어?"

"이리저리 밀어서 맞춰봐야죠. 하여간, 나쁜 놈이야. 나를 이렇게 괴롭히다니… 얼씨구, 왜 웃어!"

"그냥요."

미안하다는 말은 하지 않았다. 그리고 다음번에 떨어지겠다는 약속도 하지 않았다.

하고 싶었던 노래를 사람들 앞에서 마음껏 불렀을 때 느꼈던 그 뜨거운 감동이 가슴에 남아 있었으니 미안하다는 말보다 웃음이 먼저 얼굴을 가득 채웠다.

이승환의 표정이 서서히 풀린 것은 그의 웃음을 본 후였다.

그는 강도영의 웃음을 다음번에 떨어질 거란 의미로 받아들인 모양이었다.

"좋냐?"

"예."

"너 정말 노래 짱이더라. 난 네 노래 들으면서 정말 기절할 뻔했어."

"사장님, 너무 뻥이 세요."

"거짓말 아니야, 인마. 정말 숨 넘어갈 뻔했다고. 윤 실장도 그랬다니까!"

"좋게 들어줘서 고맙습니다."

"그래서 말인데 난 네가 공연도 했으면 좋겠다는 생각을 가져봤다. 너 정도의 노래 실력이라면 대박을 터뜨릴 수 있거든. 네가 콘서트를 열면 엄청난 관객들이 줄을 설 거야."

"그럴까요?"

"내 말 믿어라. 정말 최고였어. 우린 내일부터 너의 공연 기획 팀을 만들 생각이야. 앞으로 드라마나 영화에 출연하는 중간중간에 콘서트를 열 생각이다. 팬 사인회를 그걸로 대신하면서 돈도 버는 거지. 아마 엄청난 수익이 생길 거다."

"괜찮네요."

안 하겠다는 말은 하지 않았다.

비록 몸이 바빠지겠지만 많은 사람 앞에서 노래를 할 수 있다면 얼마든지 할 수 있을 것 같았다.

"그리고 아까 이수현 작가한테서 전화가 왔다."

"이수현 작가님한테서요?"

"그래, 널 만나자고 하더라."

"왜죠?"

"왜긴 왜야, 드라마 출연 때문에 그렇지. 잠깐 들어보니까 이 작가가 새로운 작품을 시작할 모양이야."

"언제요?"

"가을에 방송할 예정이라니까 3개월 후부터는 촬영에 들어가야 된단다."

"그분 작품이라면 좋습니다. 하지만 스토리는 들어봐야겠어요. 저랑 맞지 않는 내용일 수도 있으니까요."

*　　　　*　　　　*

강도영이 몬테크리스토 백작 복면을 쓰고 텔레비전 방송에 나온 것은 그로부터 2주가 지난 후였다.

복면가왕은 대박 시청률을 가진 건 아니었으나 연예 기사에 단골로 나오는 인기 프로그램이었기 때문에 시청자들은 몬테크리스토 백작의 정체를 궁금해했다.

하지만 그 궁금증은 그리 크지 않았다.

강도영이 가왕의 자리에 등극한 녹화분은 그다음 주에 방송되었기 때문이다.

포텐이 터진 것은 3주 후 강도영이 무시무시한 가창력을 내보이며 새로운 가왕으로 등극한 후부터였다.

연예 기사들이 온통 몬테크리스토 백작에 대해서 기사를 올렸고 인터넷 실시간 검색어 1위 역시 몬테크리스토 백작이 차지했다.

기사의 주 내용은 몬테크리스토 백작이 부른 노래가 역대급이었다는 것과 그의 정체가 도무지 감이 안 잡힌다는 것이었다.

대부분의 출연자는 금방 정체가 노출되었지만 몬테크리스토 백작만큼은 그 정체가 안개 속에 빠진 것처럼 모호해서 기자들을 당황스러움에 빠뜨리고 있었다.

*   *   *

"야, 봤냐. 봤어?"

"보긴 뭘 봐. 얘가 아침부터 웬 설레발이야."

우연경이 달려오면서 소리치는 짝꿍 주희진을 향해 퉁방을 주었다.

하지만 주희진은 그녀의 퉁방에는 눈 하나 깜짝하지 않고 자리에 앉더니 연이어 거품을 물었다.

"이씨, 어제 복면가왕 못 봤구나?"

"난 그거 안 좋아해."

"이 바보. 그럼 지금 인터넷이 복면가왕 때문에 난리 난 거 못 봤겠네?"

"도대체 뭣 때문에 그러냐. 가왕이 너한테 시집이라도 온다디?"

"이것 좀 봐라."

여전히 퉁명스러운 친구를 향해 주희진이 자신의 핸드폰을 꺼냈다.

그러고는 곧장 열어놓았던 동영상 플레이 버튼을 누르고 그녀의 귀에 이어폰을 꽂아주었다.

처음에는 시큰둥하던 우연경의 눈이 점점 커져간 것은 강도영이 부른 '와인'이 절정을 향해 달려갈 때였다.

"야, 어때, 어때?"

"좀 가만히 있어봐. 지금 듣고 있잖아."

주희진이 답답함을 참지 못하고 묻자 우연경이 손을 홰홰 저으며 고개를 홱 돌렸다.

고3 여고생답게 그녀들의 행동에는 순수함이 알알이 묻어 나오고 있었다.

그녀의 행동에 입맛을 다시며 기다리던 주희진의 입이 다시 열린 것은 우연경이 이어폰을 귀에서 빼냈을 때였다.

"죽이지?"

"이 사람 누구니. 햐아, 정말 노래 잘한다."

"몬테크리스토 백작이야."

"무슨 소리야?"

"새로 등극한 가왕. 이 사람 이름이 몬테크리스토 백작이라니까!"

"이궁, 누가 복면 이름 말하래? 본명을 말하라는 거지. 누군지 몰라?"

"내가 그걸 어떻게 알아."

"보통 인터넷에 정체가 전부 나오잖아. 그런데도 모른단 말이야?"

"그게 이상해. 나도 너무 궁금해서 어젯밤부터 계속 검색해 봤는데 아는 사람이 없어. 이 사람 정체 때문에 인터넷이 지금 난리도 아닙니다요."

"그거 이상하네. 이 정도로 노래를 잘하면 금방 알잖아……."

"그런데 연경아, 이 남자 정말 잘빠지지 않았니?"

"잘빠지긴 했네. 키도 크고 몸매도 장난이 아니야."

"네가 가장 좋아하는 디오의 정빈 오빠보다 훨씬 잘빠진 것 같다. 호호호… 난 앞으로 이 사람 팬 할 거야."

"지랄, 어디서 이런 놈을 정빈 오빠와 비교해. 죽고 싶어?"

"헹, 그놈의 정빈 오빠."

"몸매만 잘빠지면 뭐 하나. 노래 잘하는 가수들 보면 전부 얼굴이 엉망이더라. 이 사람도 분명히 못생겼을 거야."

"아니면?"

"잘생겨도 안 돼. 우리 정빈 오빠는 춤이 기가 막히잖아. 가수가 노래만 잘하면 인기 얻는 거 아니거든. 비주얼, 춤 솜씨, 가창력이 전부 있어야지 스타가 되는 거라고. 얼마나 못생겼으면 이렇게 노랠 잘하는데도 정체를 모르겠어. 안 그러니?"

"흥, 네가 1라운드 때 이 오빠 춤을 못 봐서 그래. 얼굴은 아직 밝혀지지 않아서 모르겠지만 이 오빠 춤이 정말 장난 아냐. 내가 봤을 때 정빈 오빠는 잽도 안 되더라."

"아침부터 시비 걸다가 죽는 년 많이 봤거든? 한 번만 우리 정빈 오빠 흉보면 그냥 두지 않을 거야. 너 내 분노의 주먹에 맞아볼래?"

우연경이 주먹을 불끈 들어 올렸다.

하지만 워낙 친한 사이였고 평소에도 자주 하던 짓이었던지 주희진은 그녀의 행동에 꿈쩍하지 않았다.

"지랄, 내 말이 틀린지 이거나 보고 말해. 이 오빠 정말 춤 잘 춘다고!"

*　　　　*　　　　*

신민아는 파워 블로거였다.

음악에 관한 것을 주로 올렸는데 주로 국내 가수들의 동향과 노래들을 채워서 블로그 이웃이 3만 명이 훌쩍 넘었다.

그녀가 처음부터 인기가 있던 것은 아니었다.

신민아가 파워 블로거로 명성을 떨치기 시작한 것은 복면가왕이 시작된 후부터였는데 워낙 정확한 분석을 통해 출연자들의 정체를 찾아냈기 때문에 회원들 사이에서는 족집게도사로 불렸다.

연예 기사에서 출연자의 정체에 대해 보도를 할 때 그녀의 분석을 그대로 싣는 경우가 많은 것도 그만큼 정확도가 뛰어 났기 때문이다.

그녀가 출연자들의 정체를 찾아내는 방법은 간단하고도 효율적이었다.

일단 그녀가 지난 자료에는 대한민국 가수들의 이름과 대표곡들이 연령대별로 빼곡하게 정리되어 출연자의 목소리와 행동을 보고 차례대로 대입해서 분석하는 방식을 택했다.

다른 사람들과 달리 그녀는 워낙 가수들을 많이 알았고 대충 짐작이 가는 경우에도 이전 동영상과 비교를 해서 정체를 밝혀냈기 때문에 한 번도 틀린 적이 없었다.

신민아는 몬테크리스토 백작이 출연한 2개의 동영상과 함께 머리를 쥐어뜯으며 꼬박 이틀을 보냈으나 그의 정체를 아직 밝혀내지 못했다.

블로그에서는 회원들이 빨리 정체를 알려달라고 댓글을 올리고 있었기에 그녀의 속은 새까맣게 타들어갈 정도였다.

불안감이 느껴진 것은 본방을 보면서부터였다.

소름이 끼칠 정도의 무서운 가창력.

방송을 보면서 몬테크리스토 백작의 우월한 기럭지와 몸매, 가창력으로 인해 정신을 차리지 못했다.

대박이다. 이런 정도의 가수라면 정체를 밝혀달라는 회원들의 요청이 봇물처럼 터질 게 분명했다. 가왕으로 그가 등극하면서 그녀의 불안감은 최고조에 달했다.

가수들은 전부 노래를 잘한다.

하지만 사람의 영혼을 휘어잡는 가수들은 손에 꼽힐 정도로 적었기 때문에 대부분 그녀의 머릿속에 있었다.

그녀가 불안감을 느낀 것은 그 속에 몬테크리스토 백작이 들어 있지 않았기 때문이다.

이틀 동안 꼬박 자료에 들어 있는 가수들을 대입해 봤으나 몬테크리스토 백작과 매치되는 사람을 찾을 수가 없었다.

시간이 지날수록 초조감이 극도로 올라왔으나 몸이 버티지 못했다.

"아이고, 허리야……."

컴퓨터와 씨름하던 그녀가 결국 의자에서 일어나며 허리를 부여잡았다.

으… 웬수 같은 놈.

어디서 이런 놈이 나타나서 나의 명예를 박살 낸단 말인가.

절대 포기할 생각은 없었지만 지금 당장에 몬테크리스토 백작의 정체를 알아낸다는 것은 불가능에 가깝다는 생각이 들었다.

그녀는 부엌으로 가서 가스레인지에 물을 받은 냄비를 올

려놨다.

일단 먹고 보자.

점심마저 굶고 미친 듯이 일을 했더니 배가 고파서 죽을 지경이었다.

라면을 먹고 나서 배고픔이 사라지가 그녀의 온몸에서 전의가 불타올랐다.

기어코 밝혀내고 만다.

나의 명예와 회원들의 기대에 부응하기 위해서라도 절대 포기하지 않는다.

* * *

강도영은 혼란스러웠다.

이승환의 요청에 따라 가왕 방어전에서 최선을 다하지 않았으나 어쩐 일인지 근소한 차이로 방어전에 성공했기 때문이다.

그가 방어전에서 부른 노래는 이은미의 '애인 있어요'란 곡이었다.

이것도 명곡이다.

많은 사람이 즐겨 불렀지만 워낙 어려운 곡이기 때문에 완벽하게 소화하는 가수가 흔치 않았다.

강도영은 노래를 준비하면서 최대한 음을 죽이는 쪽으로 편곡을 했다.

정확하게 답변을 하지 않았으나 어차피 회사에 소속된 배우였고 앞으로 빽빽하게 차 있는 스케줄을 생각한다면 이쯤에서 그만두는 게 맞다는 생각을 했기 때문에 떨어질 각오로 편곡을 최대한 평범하게 가져갔다.

음을 죽였으니 원곡이 가지고 있는 격정과 폐부를 찌르는 고음이 생략될 수밖에 없었다.

문제는 강도영이 노래를 시작하면 자신을 제어하지 못한다는 것이었다.

격정과 고음을 생략했으나 강도영은 저음 속에서도 가슴 아픈 이별을 앞둔 여인의 마음을 그대로 동화시켜 청중들을 침묵 속으로 몰아넣었다.

그의 노래에 담긴 감정은 어떤 편곡 속에서도 결코 사라지지 않았는데 그것만으로도 방청객에서는 훌쩍거리는 소리가 연신 흘러나왔다.

그가 방어전에 성공한 이유는 방송사에도 있었다.

무슨 이유 때문인지 이번 녹화에서는 저번과 다르게 강력한 상대자가 없었다.

만약 유명훈이나 가왕을 차지하고 있던 김주열이었다면 그는 여지없이 가왕 자리에서 내려왔을 것이다.

결과만 봐도 알 수 있었다.

최종 상대자였던 박석재는 오래전 인기를 끌던 가수로 가창력을 인정받았으나 톱클래스로 분류되기는 어려운 사람인데도 불과 9표 차이로 간신히 방어전에 성공했다.

*   *   *

강도영이 복면가왕에 오른 녹화가 전국을 통해 방송된 것은 방어전을 성공하고 삼 일이 지났을 때였다.

일부러 본가에 간 것은 아들이 복면가왕에 나가기를 바라던 부모님의 반응이 너무나 궁금했기 때문이다.

방송 시간에 맞춰 집으로 들어가자 강성두와 정영숙은 이미 텔레비전을 틀어놓고 복면가왕이 시작되기를 기다리는 중이었다.

"오면 연락 좀 하고 오라니까!"

정영숙이 강도영을 향해 눈을 흘겼다.

대한민국 최고의 슈퍼스타인 아들은 그녀에게 더없이 소중한 존재였으나 보고 싶어도 보기 힘들 만큼 바빴다.

오늘 온 것도 2주 만에 온 건데 강도영은 아무런 연락 없이 찾아와 그녀를 화나게 만들었다.

아들은 집에 온다는 연락을 하면 엄마가 부랴부랴 음식을 장만하는 게 싫어서 그랬을 테지만 그녀의 마음은 달랐다.

사랑하는 아들에게 맛있는 걸 먹이고 싶었다.

음식 솜씨가 뛰어나지 않았으나 정성을 다해 음식을 준비해서 아들이 맛있게 먹는 모습을 보고 싶었다.

아무리 말해도 강도영은 말을 듣지 않고 오늘처럼 불쑥 나타나 그녀를 화나게 만들었다.

그녀와 달리 아버지 강성두는 강도영이 예고 없이 찾아와도 그저 편안한 웃음으로 그를 맞아주었다.

"뭔 바람이 불어서 왔어. 안 바빠?"

"우리 아버지 보고 싶어서 왔죠. 어제 광고 다 찍어서 시간이 조금 생겼어요."

"허허, 이놈이 나이 드니까 사회물을 먹어서 그런지 아부가 심해졌네. 그래도 기분은 좋다."

"당신이 뭐라고 그래요. 얘가 불쑥불쑥 나타나서 내가 힘들단 말이에요. 집에 먹을 거도 없는데 어쩌면 좋아… 아이 참, 큰일 났네."

"시켜 먹으면 돼요. 오늘따라 짜장면이 당기는데 아버지는 어떠세요?"

"난 간짜장."

"허이구, 부자간에 죽이 척척 맞는구먼."

"그러지 말고 여기 와서 앉아. 아직 시간이 이르니까 복면가왕 본 다음에 시켜서 먹자고."

아직도 뾰로통한 얼굴로 서 있는 정영숙을 손짓해서 부른 강성두가 자신의 옆자리를 툭툭 쳤다.

강도영이 입을 연 것은 그녀가 소파에 앉았을 때였다.

"우성이는 어디 갔어요?"

"데이트 있다더라."

"여자 친구 생긴 모양이네요?"

"그놈도 벌써 28살인데 데이트해야지. 데려오라고 했더니 아직 그럴 단계는 아니라네."

"예쁘데요?"

"하여간 남자들은 똑같아. 넌 동생 여자 친구 생겼다는데 다짜고짜 물어보는 게 그 말이니? 아무래도 난 나가 죽어야겠어. 미안해, 엄마가 못생겨서."

정영숙이 두 부자의 대화를 듣고 있다가 시비를 걸었다.

가뜩이나 연락을 하지 않고 온 강도영이 못마땅했기 때문인지 아직도 그녀의 마음은 풀리지 않고 있었다.

"에이, 왜 이러세요. 엄마는 천하제일미녀잖아요."

"시끄러워, 그런 아부는 엄마한테 안 통해. 단순한 너희 아버지라면 모를까."

"애 그만 잡고 커피나 한잔 타 와봐. 곧 복면가왕 시작하잖아."

"알았어요. 이 양반은 꼭 아들 편만 든다니까. 흥, 마누라 무서운 줄 몰라요!"

정영숙이 자리에서 벌떡 일어났다.

하지만 그녀의 얼굴은 벌써 봄 햇살처럼 풀어져 가는 중이었다.

나이가 들었고 아부를 한 사람이 아들이었음에도 천하제일 미녀란 강도영의 아부가 통했다는 뜻이다.

복면가왕이 시작된 것은 그녀가 커피를 타 와 두 부자의 앞에 놓았을 때였다.

녹화장에서는 다른 사람들의 노래를 정확하게 듣지 못했는데 텔레비전을 통해 듣게 되자 출연자들의 노래 실력은 상당한 수준을 보여주고 있었다.

이번 방송에서는 1라운드를 통과한 사람들이 경쟁을 하는 2, 3라운드와 가왕의 방어 무대가 나왔기 때문에 더 그랬는지도 모른다.

강성두의 입이 열린 것은 볼링왕의 강력한 샤우팅이 동반된 노래가 끝나면서 관객들이 환호성을 지를 때였다.

"이제 나온다."

"누가요?"

"몬테크리스토 백작. 저번 주에 봤는데 이상하게 걔가 마음에 들어. 처음에는 실력 발휘를 제대로 안 한 것 같은데도 노래가 콕콕 귀에 들어오더라니까."

"맞아, 맞아. 엄마도 걔가 좋더라. 이상하게 걔는 정이 가.
왜 그런지 몰라."

강성두에 이어 정영숙까지 맞장구를 치자 강도영의 얼굴이
슬쩍 변했다.

부모는 천륜으로 맺어진 사이라더니 하나도 틀리지 않았다.

복면을 썼기 때문에 전혀 눈치채지 못했을 테지만 두 분은
무작정 몬테크리스토 백작에 대한 애정을 숨기지 않았다.

그들의 환성이 터지기 시작한 것은 강도영이 볼링왕을 제치
고 3라운드에 올라갔을 때부터였다.

"거 봐라. 내가 그럴 줄 알았다니까. 저놈이 뭔가 있을 것
같더라고."

"어머, 어머. 정말 대단해. 잘할 거란 생각은 했지만 저 정도
일 줄은 몰랐네. 하마터면 아들 앞에서 울 뻔했잖아. 부끄럽
게."

거듭된 칭찬에 얼굴이 붉어졌다.

자신이 몬테크리스토 백작이란 걸 모르는 상황에서 받은
칭찬이었지만 두 사람의 칭찬은 너무 과한 면이 있었다.

그랬기에 강도영은 자신도 모르게 괜히 딴지를 놓았다.

"에이, 그 정도는 아닌데 뭘 그래요. 내가 불러도 저 정도는
되겠다."

"호호호… 어이, 아들. 우리 아들이 스타가 되더니 자만감이 하늘을 찌르네요. 네가 노래 잘하는 건 알지만 그러는 건 아닙니다요."

"엄마가 아들을 못 믿으시네. 정말 이렇게 나오면 나도 확 복면가왕에 나갈 거야."

"참아, 괜히 나가서 예선 탈락하면 엄마가 얼굴 들고 동네 못 나가."

"아이고."

강도영이 정영숙의 말에 답답한 표정을 짓다가 결국 한숨을 길게 터뜨렸다.

그 모습에 정영숙이 깔깔 웃었다.

아들을 놀리는 재미가 쏠쏠했던 모양이다.

강성두와 정영숙은 몬테크리스토 백작이 3라운드에서 부른 '와인'을 듣고는 놀란 눈으로 칭찬도 못 하고 두 눈만 끔벅였다.

절정의 가창력, 그리고 사람의 소름을 돋게 만드는 고음과 감성의 물결.

복면가왕을 시즌 1부터 줄곧 지켜봤으나 이런 역대급 무대는 처음 봤기 때문에 두 사람은 경악을 금치 못하며 제대로 말조차 꺼내지 못했다.

"어마어마하네."

"그렇죠. 도대체 쟤는 누굴까. 어디서 저런 애가 튀어나온 거지?"

"이번 가왕전 정말 재밌네. 마징가제트가 어떤 노래를 부를지 모르겠지만 아무래도 가왕이 바뀔 것 같은데?"

"그러게 말이에요."

"그래도 김주열 노래를 들어봐야 해. 워낙 노래를 잘하는 애니까 결과를 지켜봐야지."

입이 근지러워서 미칠 것 같았지만 간신히 참았다.

이미 결과를 알고 있음에도 아버지와 엄마가 궁금해하는 걸 가르쳐 주지 못하자 속이 답답해서 엉덩이가 저절로 움찔거렸다.

두 사람의 토론이 다시 시작된 것은 마징가제트로 분장한 김주열의 노래가 모두 끝나고 나서였다.

"끝났어. 가왕이 바뀔 거야."

"그럴 것 같네요. 몬테크리스토 백작이 훨씬 더 잘했어요."

"관객들 반응이 차이가 있잖아. 저런 경우는 대부분 도전자가 이기더라고."

전문가가 따로 없었다.

강성두와 정영숙은 나름대로 평가를 하면서 결과를 예측하고 있는데 심지어 표 차이까지 말했기 때문에 강도영을 놀라게 만들었다.

그들이 말한 표 차이가 실제와 거의 비슷했기 때문이다.

결국 몬테크리스토 백작이 이겼다는 결과가 나오자 강성두와 정영숙은 손뼉을 치면서 좋아했다.

그들은 맹목적으로 몬테크리스토 백작을 응원하고 있었다.

강성두의 표정이 슬쩍 변한 것은 몬테크리스토 백작이 가왕에 등극하고도 좋아하는 모습을 보이지 않았기 때문이다.

"쟤 정체가 뭔지 모르겠지만 엄청 바쁜 사람인 모양이네."

"그걸 어떻게 아세요?"

강도영이 묻자 강성두가 자신의 손으로 얼굴을 쓰다듬다가 화면을 가리켰다.

"놀라잖아. 그리고 어쩐지 어색해하고 당황스러워하는 것 같아. 정말 노래 잘하는 친군데 오래 보지 못할 것 같다는 생각이 드는구나."

"헉!"

자신도 모르게 헛기침을 하고 말았다.

연륜일까?

아마 그럴 것이다. 택시 기사를 하면서 수많은 사람을 상대하다 보니 아버지는 자신의 행동만 보고도 거의 정확한 추측을 하고 있었다.

하지만 아버지와 다르게 엄마인 정영숙은 눈치채지 못했던지 의문을 숨기지 않았다.

"오래 보지 못할 것 같다니, 그게 무슨 말이에요?"

"다음에 저 친구 일부러 떨어질 것 같아."

"왜요?"

"방금 말했잖아. 스케줄이 꽉 차 있어서 복면가왕에 나오기 힘든 모양이야."

"그러면 안 돼요. 오랜만에 마음에 드는 가수가 나왔는데 그러는 게 어디 있어. 정말 일부러 떨어지면 난 그냥 있지 않을 거야."

"그냥 있지 않으면?"

"방송사에 항의할 거야. 시청자를 우롱했다고."

"그게 어디 방송사 잘못이야? 저 친구 잘못이지. 정말 다음에 일부러 떨어진다면 쟤는 인성에 문제가 있는 놈이야."

"그런가?"

"저를 응원하고 선택한 사람들의 기대에 부응하지 않는 건 정말 잘못된 생각이야. 더군다나 우리처럼 좋아해 주는 사람을 배신하고 떨어지면 욕먹어도 싸. 다른 사람은 생각하지 않고 저만 생각하는 놈이니까."

"그건 둘째 치고 난 쟤 노래 더 듣고 싶어요. 정말 다음에 떨어지면 어떡하지. 아이, 그러면 큰일인데."

*   *   *

복면가왕 PD 석의단은 얼굴이 굳어진 채 국장방으로 향했다.

오늘은 월요일이었기 때문에 국장은 자리를 지키고 있을 것이다.

이승환에게서 전화가 온 것은 강도영이 방어전에 성공하고 난 다음 날이었는데 얼마나 거품을 물면서 지랄을 하던지 변명을 대느라 진땀이 흐를 지경이었다.

눈치 빠른 이승환은 자신이 일부러 경쟁력 있는 출연자를 출연시키지 않았다는 걸 알아채고 강력한 항의를 해왔던 것이다.

사무실로 들어서자 국장이 싱글벙글하는 표정으로 그를 맞아들였다.

그는 아직도 그가 당한 것을 모르기 때문에 강도영이 가왕 자리를 차지한 방송이 나가면서 각종 기사와 인터넷 반응이 뜨겁게 달아오르자 기분이 좋아졌던 모양이다.

"어서 와라."

"예, 출장 잘 다녀오셨습니까?"

"제주도에 갔다 온 건데, 뭐. 토요일 방송 나가고 인터넷이 난리가 아니더군. 이거 복덩이가 저절로 굴러들어왔어. 잘하면 다음 방송은 15% 찍겠다."

"그건 그런데……."

"표정이 왜 그래?"

"이승환 사장이 화가 머리끝까지 났습니다. 약속을 어겼다고 방방 뜨는데 변명을 대느라 혼났어요."

"강도영이 방어전에 성공한 것 때문에?"

"예."

"크크큭… 그 자식 열받을 만해. 막상 그래놓고 나니까 미안하구만."

석의단이 운을 떼자마자 금방 말귀를 알아들은 국장이 쓴웃음을 흘려냈다.

출연진을 약하게 만들어서 강도영이 빠져나가지 못하도록 만든 건 바로 국장의 계획이었다.

"국장님, 우리 욕심 차리는 건 이제 그만해야 될 것 같습니다. 그놈 입장도 생각해 주셔야죠. 걔가 우리 프로그램에 나오면서 손해 본 게 엄청나다는데 우린 아무것도 해주지 못하잖아요."

"알고 있어. 나도 양심이 있지 어떻게 두 번이나 하겠냐."

"어쩔까요?"

"뭘 어째. 놈들이 원하는 대로 해줘야지. 누가 좋겠어?"

"강도영을 떨어뜨리려면 시청자들에게 인정받을 정도가 나와야 합니다. 그래서 다음 가왕으로 쓰려던 김유철과 윤재희를 동시에 투입하면 어떨까 생각 중입니다."

김유철과 윤재희는 가창력의 끝판왕이라고 불리는 사람들

이었다.

더군다나 윤재희는 대한민국 3대 디바로 손꼽히는 가수로서 엄청난 성량과 기교를 가져 팬들의 사랑을 한 몸에 받고 있는 여자였다.

그랬기에 국장의 이마가 슬쩍 우그러들었다.

"야, 그건 너무 아깝지 않아?"

"강도영이 출연하면서 다음 주 시청률은 바짝 올라갈 겁니다. 물 들어왔을 때 노를 저어야죠. 김유철과 윤재희가 나오고 강도영의 정체가 밝혀지면 20%를 찍을 수도 있습니다."

"젠장, 더 있으면 좋을 텐데 아쉽군. 그래도 어쩔 수 없지. 대신 예고편 확실하게 준비해 놔. 강도영의 정체가 밝혀지면 대한민국이 전부 들썩거릴 테니까 사람들이 최대한 많이 볼 수 있도록 화끈하게 때리란 말이야."

*   *   *

윤재희는 대한민국 3대 디바에 손꼽히는 여가수다.

그녀는 '트윈엔젤'이란 듀엣으로 활동하고 있었는데 실력파로 알려진 강민희가 그녀의 파트너였다.

윤재희가 터뜨리는 고음과 기교는 국내 탑이라 불렸다.

하지만 단순히 고음과 기교만 있었다면 사람들은 그녀를

3대 디바에 포함시키지 않았을 것이다.

노래에 따라 카멜레온처럼 변하는 그녀의 감성은 듣는 사람의 감정을 자극시키는 매력을 가졌고 특유의 고음과 합쳐지면서 언제나 환상적인 무대를 만들어냈다.

처음에 석의단을 전화를 받았을 때 그녀는 생각해 보겠다는 말만 남기고 끊었다.

얻을 것 하나 없는 복면가왕에 출연해서 가왕에 오르지 못한다면 그런 망신이 없을 거란 생각 때문이었다.

그러나 석의단은 집요했고 소속사에서도 출연을 종용했다.

어차피 계속 가수로 활동하려면 한 번은 거쳐야 하는 통과의례라는 것이었다.

수많은 가수가 복면가왕에 출연해서 자신들의 존재감을 과시했다.

그중에는 얼굴을 알리기 위한 신인 가수들도 있었고 활동을 접은 채 은둔 생활을 하던 잊힌 가수들도 있었다.

가수마다 출연하는 이유는 달랐지만 그녀가 출연한다면 목적은 오직 하나뿐이다.

가왕이 되는 것.

그녀의 명성을 감안했을 때 가왕이 되지 못했을 경우 자존심에 커다란 상처를 받게 될 테니 이왕 출연하게 된다면 어떤 방법을 쓰더라도 반드시 이겨야 했다.

그랬기에 복면가왕에 출연을 결정한 후 그녀는 2, 3라운드의 솔로곡을 자신이 직접 골랐다.

　자신의 장점을 최대한 살려 관객들을 흥분의 도가니로 몰아넣을 수 있는 곡을 선정한 그녀는 국내 최고의 편곡자로 알려진 스파이스 강에게 편곡을 맡긴 후 무려 10일 동안 맹연습을 거듭했다.

*　　　*　　　*

　윤재희의 복면은 '비비안 리'였다.

　그녀의 늘씬한 몸매와 어울릴 수 있도록 방송사에서 특별히 선정해 준 것이었다.

　어차피 그녀는 복면가왕에 오른다.

　강력한 항의를 했을 정도로 강도영 측에서는 프로그램에 더 이상 출연하지 않겠다는 생각을 가지고 있었기 때문에 그녀가 가왕에 오르는 것은 정해진 일이었다.

　그럼에도 그녀가 바짝 긴장하고 있는 건 방송사에서 그런 사실을 그녀에게 알려주지 않았기 때문이다.

　복면을 쓴 채 자신의 밴에서 내리자 방송 스태프가 미리 나와 있다가 그녀를 대기실로 안내했다.

　텔레비전에서 자주 본 것이었지만 왠지 어색하다는 생각이 들었다.

복면가왕을 담당하는 스태프들의 보안은 철통같았다.

출연자들의 정체를 숨기기 위해 매니저까지 대동하지 못하게 만들어 그녀와 함께 대기실로 들어선 것은 소속사에서 보내준 코디가 전부였다.

경쟁을 통해 1라운드를 통과해야 했으나 걱정하지 않았다.

그녀와 1라운드에 붙는 여자는 어린 티가 팍팍 나는 걸 보니 걸 그룹 출신인 것 같았는데 제법 실력을 갖췄으나 막상 무대에 올라가면 상대조차 되지 않을 게 분명했다.

물론 상대는 그렇게 생각하지 않겠지.

연습을 할 때 그녀가 본색을 드러내지 않았기 때문에 걸 그룹의 꼬마는 허황된 꿈에 젖어 있을지 모른다.

기다림은 지루했다.

방송사에서 그녀를 마지막 팀에 배정한 것은 분명 극적인 효과를 보기 위함일 테지만 혼자 대기실에 앉아서 다른 사람들의 경연을 지켜보는 건 그리 즐거운 일이 아니었다.

지루한 시간이 지나고 마침내 그녀의 무대가 코앞으로 다가왔다.

새로운 감정.

수없이 많은 무대에 선 경험이 있었으나 자신의 정체를 숨긴 채 노래를 부르는 건 처음 겪는 일이었다.

　　　　*　　　　　*　　　　　*

　"이번에는 어떤 애들이 나올까?"

　"도전자는 정해졌으니 이번 애들은 별거 없을 거야. 두 번째 출연한 거 김유철 맞지?"

　"틀림없어. 그 깊은 울림은 김유철의 전매특허잖아."

　김구영이 묻자 작곡가 민정호가 확신에 찬 목소리로 대답했다.

　그는 김유철에게 곡을 준 전력이 있었기 때문에 그가 노래를 시작하는 순간 단박에 알아볼 수 있었다.

　"김유철이 나왔으니 몬테 백작과 재밌는 대결이 되겠구만. 문제는 몬테 백작이 최선을 다하냐는 건데 그놈이 저번처럼 대충 부르면 싱겁게 끝날 수도 있어. 형, 생각은 어때?"

　"그럴 수도 있겠지."

　"그럴 수도 있는 게 아니라 그럴 가능성이 아주 농후해. 아까 스태프들 이야기하는 거 얼핏 엿들었는데 가왕이 바뀔 거라면서 수군거리더라."

　"정말?"

　"몬테 백작 쪽에 문제가 있는 모양이야."

　"도대체 걔는 뭐냐. 가왕에 오르자마자 내려오려고 발버둥

치다니 정말 이해가 안 돼. 아무리 봐도 가수잖아. 가수가 가왕에 오르는 건 명예스러운 일인데 그걸 발로 걸어찬다고?"

"사정이 있나 보지."

"무슨 사정?"

"나도 궁금해서 녹화 들어가기 전에 김성준한테 슬쩍 물어봤거든. 그놈이 누구냐고, 그랬더니 펄쩍 뛰면서 도망가더라."

"도망을 가?"

"그래, 다른 때는 잘만 가르쳐 줬는데 이번에는 묻지 말라면서 아예 말조차 섞지 않으려고 하더라니까."

"그것참, 점점 이상하네."

"형은 전혀 짐작 가는 애 없어?"

"있었으면 너한테 물었겠냐. 기타 솜씨를 보면 완전 프론데 내가 아는 놈들 중에는 그런 놈이 전혀 없단 말이지. 몬테 그놈은 완전 오리무중이야."

"하늘에서 떨어졌나… 아, 마지막 팀이 시작하는 모양이다."

민정호의 대답을 들은 김구영이 뭔가를 더 말하려다가 김성준이 스태프의 사인을 받고 무대로 올라가자 자세를 고쳐 앉았다.

녹화가 시작되면 그는 패널들의 진행을 맡아야 하기 때문에 잡담할 시간이 없었다.

김성준의 소개로 두 명의 늘씬한 여자가 등장하자 남자들의 감탄사가 터져 나왔다.

이상하게 복면을 쓰고 나타나면 여자들의 몸매가 유독 돋보였기 때문에 몸매가 좋은 여자들이 나오면 남자들은 여지없이 환호성을 터뜨렸다.

전주가 흐르자 몸이 저절로 들썩거리기 시작했다.

마지막 팀이 부른 것은 유명한 댄스 가수 손담비가 부른 '토요일 밤에'란 노래였다.

맑고 청아한 목소리로 오드리 햅번의 노래가 시작되자 방청객들이 환성을 질렀다.

노래가 주는 특유의 경쾌함과 그녀의 목소리가 어울려 무대를 단박에 달아오르게 만들었기 때문이다.

하지만 비비안 리가 노래를 시작하자 화면에 잡힌 패널들이 자신의 입을 틀어막으며 놀라움을 감추지 못했다.

오드리 햅번의 노래와는 근본적으로 격이 달랐기 때문이다.

가슴 깊숙한 곳에서 뿜어져 나오는 소름 끼치도록 몽환적인 음성은 방청객들을 순식간에 환상 속으로 몰아넣어 버렸다.

힘들이지 않고 툭툭 던지면서 오드리 햅번을 배려했음에도 그녀가 노래를 부를 때마다 관객들은 넋을 놓은 채 감탄을 금치 못했다.

그것은 김구영과 민정호도 마찬가지였다.

"우와, 대단하다."

웬만해서는 놀라지 않은 그들이었으나 한동안 입을 다물지 못하고 무대를 지켜보며 계속 탄성을 질러냈다.

그만큼 비비안 리의 노래가 훌륭했기 때문이다.

제46장
가왕 II

1라운드 예선이 모두 끝나고 브레이크 타임이 되었을 때 김구영의 옆으로 민정호와 윤덕진이 슬그머니 다가왔다.

그들은 마지막 팀에서 노래를 부른 비비안 리의 정체를 금방 파악했기 때문에 의문을 감추지 못하고 있었다.

"야, 구영아. 이게 어떻게 된 일이냐?"

"그걸 왜 나한테 물어."

"넌 출연료 많이 받잖아. 진행을 맡으면서 그것도 모른다는 게 말이 돼?"

"난 패널 진행만 맡은 사람이라고. 방송사에서 하는 짓을 내가 어떻게 알아. 요즘 들어 석 피디 그놈 비밀이 많아졌다니까!"

"와, 정말 웃기네. 김유철이 나왔는데 윤재희까지 나오는 게 어디 있어. 이건 반칙이야."

"맞아."

윤덕진이 소릴 지르자 민정호가 맞장구를 쳤다.

김유철과 윤재희.

가창력이라면 누구에게도 뒤진다는 소릴 듣기 싫어할 정도로 엄청난 실력을 지닌 가수들이었다.

이런 가수들을 동시에 섭외했다는 것은 분명 다른 뜻이 있을 거란 게 그들의 생각이었다.

김구영이 빙긋 웃음을 흘린 건 그들의 표정에서 궁금증과 더불어 아쉬움이 묻어 있었기 때문이다.

"아까워?"

"당연히 아깝지. 몬테 백작 이놈은 기어코 이번에 내려올 모양이네. 안 그래?"

"그래도 이상해. 몬테 백작을 내려오게 만드는데 왜 둘이나 필요했을까?"

"시청률 때문이지."

그들의 의문에 김구영이 불쑥 입을 열었다.

두 사람이 빤히 그를 바라보며 더 이야기해 보라는 시선을 던진 건 김구영의 평소 촉이 그만큼 정확했기 때문이다.

"요즘 시청률이 저조하잖아. 몬테 백작 때문에 화제가 되고 있지만 시청률을 반등시키기 위해서는 충격 요법이 필요해. 그래서 걔들을 동시에 출격시킨 것 같아."

"이런 젠장."

"그나저나 김유철하고 윤재희가 붙으면 누가 이길까?"

"어떤 노래를 부르냐에 따라 다르지. 걔들은 누가 이겨도 전혀 이상하지 않을 정도의 실력을 가지고 있어. 하지만 나한테 내기 하자고 한다면 윤재희한테 걸겠다."

"왜?"

"윤재희에게는 김유철이 가지고 있지 않은 비장의 무기가 있거든."

"그게 뭔데?"

"무대 장악력. 걔가 정말 무서운 것은 소름 끼치는 가창력을 떠받치는 액션이 있다는 거야. 관객들을 사로잡아 버리는 연기력이 훌륭하다는 뜻이지."

*　　　　*　　　　*

패널들의 예측대로 김유철과 윤재희는 가볍게 2라운드를 통과해서 결승에 안착했다.

특히 윤재희는 2라운드에서 압도적인 가창력으로 상대를

완전히 녹다운시켰는데 65표나 차이가 날 정도로 압도적인 결과를 이끌어냈다.

방청석은 난리도 아니었다.

공개홀을 들썩이게 만들 정도의 대형 가수들이 동시에 나타났기 때문에 방청석에서는 3라운드를 목이 빠지게 기다릴 정도였다.

윤재희는 2라운드를 끝내고 대기실에 있다가 몸을 일으켜 문을 나섰다.

잠깐 동안의 브레이크 타임이 있었기 때문에 이 기회를 이용해서 화장실을 다녀올 생각이었다.

긴장하지 않으려 했으나 김유철이 나왔다는 사실을 알게 되자 자신도 모르게 서서히 긴장감이 피어올랐다.

현재 가왕인 몬테크리스토 백작을 타깃으로 맹연습을 해왔는데 의외의 복병이 나타났으니 저절로 긴장이 커져갔다.

어이없는 일이다.

프로그램에 출연을 결정한 후 소속사에서 보내준 녹화 방송을 보면서 그녀는 몬테크리스토 백작의 '와인'을 듣고는 전율을 느꼈다.

그녀가 이번 순서에 출연을 망설였던 것도 그의 무시무시한 가창력을 눈으로 봤기 때문이다.

직접 듣는 것과 텔레비전 화면으로 보는 것은 많은 차이가 있음에도 몬테크리스토 백작의 노래는 그녀를 섬뜩하게 만들 정도로 대단한 것이었다.

그럼에도 출연을 결정한 것은 스스로의 실력을 믿기 때문이다.

그녀 역시 수많은 무대에서 관객들이 숨조차 쉬지 못할 만큼 대단한 노래를 해왔으니 결코 두려워할 필요가 없다고 생각했다.

화장실에서 나오자 차츰 긴장감이 풀어지는 게 느껴졌다.

경연이라고 하지만 상대를 생각하지 않고 가수로서 나의 실력을 충분히 발휘하자는 생각을 갖자 점점 긴장감이 풀어졌다.

의외의 상황이 발생한 것은 그녀가 화장실에서 나와 복도를 걸어갈 때였다.

맞은편에서 다가오는 남자. 바로 몬테크리스토 백작이었다.

자신도 모르게 걸음을 멈추고 말았다.

직접 눈으로 확인하자 몬테크리스토 백작의 모습은 화면보다 훨씬 커다란 포스가 뿜어져 나오고 있었다.

출연진끼리는 서로 보게 되더라도 말을 하면 안 된다는 방송사의 지시가 있었지만 윤재희는 몬테크리스토 백작이 다가오자 자신도 모르게 인사를 했다.

"안녕하세요."

"아, 안녕하세요. 반갑습니다."

"저번 방송에서 부른 노래 정말 대단했어요. 저 완전히 팬 됐어요."

"별말씀을… 비비안 리 님의 실력에 비하면 많이 부족해요. 그래서 오늘 제가 많이 힘들 것 같아요."

"호호… 그럼 가왕 자리 저한테 주실 거예요?"

"비비안 리 님이라면 충분히 가져가실 수 있을 거예요. 그 럼 이따 봐요……."

윤재희가 웃으며 농담을 하자 강도영이 고개를 숙이며 자리 를 피했다.

어느샌가 다가온 스태프들이 두 사람의 대화를 가로막았던 것이다.

*   *   *

강도영은 가왕의 자리에 앉아 3라운드에 올라온 두 사람의 노래를 들었다.

결국 가왕의 도전자로 결정된 것은 비비안 리였다.

두 사람 모두가 관객을 숨조차 쉬지 못하게 만드는 열창을 했으나 신비로운 춤을 곁들이며 '사랑아'을 부른 비비안 리가 근소한 차이로 이겼다.

비비안 리의 노래는 방청석의 관객들을 전율에 휩싸이게 만들며 기립 박수를 불러일으켰다.

정말 대단한 가수였다.

노래 하나로 모든 사람을 감동시켜 버린 그녀의 포스가 창처럼 날아와 가슴을 찔렀다.

새삼 두렵다는 생각이 들었다.

스스로 노래를 잘한다고 생각했던 오만이 얼마나 바보 같은 짓이었는지 깨닫게 되자 얼굴이 붉어질 정도로 부끄러워졌다.

자리에서 천천히 일어나 무대로 향했다.

이제 자신의 차례다.

무대에 서자 모든 사람이 자신을 향해 시선을 던지고 있는 것이 보였다.

그들은 자신의 노래를 기대에 찬 눈으로 기다리고 있었다.

눈을 감았다.

이 모든 일은 자신이 저질렀으니 모든 책임은 자신에게 있었다.

후회 없이 싸운다.

어떤 변명도 통하지 않는다는 걸 부모님을 통해 알게 된 이상 최선을 다해 노래를 부를 것이다.

꿀꺽!

김구영의 입에서 마른침이 힘겹게 넘어갔다.

강도영은 무대에 나온 후 마치 석상처럼 우두커니 서서 전주가 흘러나오기를 기다리고 있었다.

뭐지?

조용하게 흐르는 기타음.

가왕 자리를 포기할 것으로 예상된 상태에서 강도영이 선택할 수 있는 노래는 한정되어 있었다.

단조롭고 권태로운, 아니면 차분하거나 일상적인 노래.

그런 노래를 선택해서 부른다면 아무리 노래를 잘해도 가왕 자리에서 내려오는 건 시간문제였다.

3라운드에서 보여준 비비안 리의 폭발적인 노래는 관객들을 거의 실신 지경까지 몰아넣었기 때문에 웬만한 노래 가지고는 상대조차 되지 않을 것이다.

하지만 기타 음이 조용하게 깔려 나가자 패널들의 동공이 순식간에 확장되기 시작했다.

특히 노래에 대한 지식이 풍부한 민정호는 누구보다 먼저 곡의 정체를 확인하고 자리에서 벌떡 일어났는데 꽤나 놀란 모양이었다.

"진달래꽃이야!"

그의 외침에 뒤늦게 깨달은 패널들이 동요를 일으켰다.

마야의 '진달래꽃'은 록의 살아 있는 명곡으로 손꼽히는데 부르기가 난해했고 최상층의 고음을 폭발적으로 뿜어내기 때문에 가수들에겐 금지곡 중의 하나였다.

잔잔한 기타의 리드. 그리고 그 틈을 비집고 새어 나오는 강도영의 묵직한 저음.

마치 푸른 들판을 걸어가는 사내의 절대적인 고독이 확산하듯 공개홀로 퍼져 나가며 사람들의 대화를 순식간에 정지시켜 버렸다.

아무런 움직임도 없다.

그저 모든 것을 잃어버린 사내의 외로움과 그 속을 비집고 나오는 슬픔뿐이었다.

그러나 그 고요는 작은 진폭 속에서 점점 변하더니 한 줄기 폭풍으로 변하기 시작했다.

굉렬하게 터져 나오는 드럼, 그리고 기타의 환상적인 울림.

강도영의 샤우팅이 터진 것은 드럼과 기타가 절정의 언덕을 향해 마구 달려갈 때였다.

석상처럼 움직이지 않던 강도영의 몸이 움직인 것도 그때부터였다.

불끈 쥔 주먹에서 느껴지는 생동감.

무대를 장악하며 거침없이 걸어가는 발걸음.

노래에 취해 온몸을 흔들어대는 그의 몸짓에는 자유의 영혼과 열정이 그대로 들어 있었다.

관중들이 자리에서 일어나 몸을 흔들기 시작한 것은 강도영이 보여준 자유의 의지가 전염처럼 퍼져 나갔기 때문일 것이다.

처음에는 몇 명에 불과했던 그들의 반응은 물결을 타고 모든 사람을 자리에서 일어나게 만들었다.

축제다.

강도영이 만들어낸 축제는 공개홀을 뜨거운 열기 속에 사로잡히도록 만들어 버렸다.

그 축제에 참여한 것은 패널들도 마찬가지였다.

김구영은 물론이고 심지어 춤이라면 질색이라는 민정호까지 일어났다.

이수연을 비롯한 여자 패널들이 일어난 것은 강도영이 노래의 중간에 몬테크리스토 백작을 상징하는 검은 가죽 코트를 벗어서 무대 중앙에 던졌을 때였다.

"와아, 와아!"

폭발적으로 터지는 강도영의 노래는 방청객들의 고막을 여지없이 두드리며 환호성을 이끌어냈다.

복면가왕이 시작된 후 이런 무대는 처음이다.

누가 시켜서 만들어낸 축제의 장이 아니다.

한 명의 가수가 뿜어내는 열기에 의해 관객들이 스스로 일어나 동화되었을 뿐이니 이건 분명 음악이 가진 기적이 힘이다.

*   *   *

요즘 들어 민 국장은 자주 복면가왕 녹화장을 찾았다.

저번 주는 출장 때문에 오지 않았지만 이번 녹화에서는 강도영의 정체가 밝혀지기 때문에 오지 않을 수가 없었다.

강도영의 정체가 밝혀지는 순간 방청석은 물론이고 여기에 있는 모든 사람이 놀라 나자빠질 테니 그 역사적인 순간을 꼭 보고 싶었다.

비비안 리의 노래가 끝나면서 관중들이 질식할 정도의 감동에 사로잡혔을 때 그의 얼굴에서 쓴웃음이 떠올랐다.

게임은 끝났다.

강도영이 아무리 노래를 잘 부른다 해도 윤재희를 이긴다는 것은 불가능에 가까운 일일 것이다.

"역시 윤재희구만. 대단해."

"이제 강도영만 잘해주면 됩니다. 그놈이 최종 리허설에서 연습하는 걸 보니까 대충 부르던데 관중들의 야유만 나오지 않았으면 좋겠습니다."

"무슨 노래를 선택했지?"

"마야의 진달래꽃입니다."

"얼씨구, 그걸 어떻게 대충 불러. 그건 고음이 엄청난 노래 잖아?"

"두 키 정도 낮춰서 부르더군요."

"이 새끼가 아주 작정한 모양이구나."

"확실하게 떨어지겠다는 심산이죠. 그래도 바쁜 놈이니까 우리가 이해해 줘야 되지 않겠습니까?"

"할 수 없지. 마무리나 잘할 수밖에."

민 국장이 입맛을 쩍쩍 다시며 고개를 흔들었다.

욕심을 먼저 부린 것은 그였으니 누굴 탓하기도 민망했기에 그는 석의단의 말을 듣고 고개를 무대로 돌렸다.

마침 무대에서는 김성준이 가왕 방어전이 시작된다는 멘트를 끝내고 무대 뒤편으로 사라지는 중이었다.

출입구의 문이 열리며 황금 가면과 망토를 입은 강도영이 나타났다.

역시 비주얼 하나만은 끝장이다.

도대체 어떤 운동을 하길래 저런 몸매를 유지할 수 있는 것 일까.

눈이 저절로 자신의 불룩 튀어나온 배로 향했다.

오십이 넘으면서 자신의 배는 아무리 노력해도 들어갈 기미를 보이지 않고 있었다.

강도영이 무대에 서는 것을 보며 민 국장과 석의단은 긴장감에 사로잡혔다.

이제 마무리다.

이 노래가 끝나고 나면 곧 강도영의 정체가 밝혀지며 녹화장은 거대한 충격 속에 사로잡히게 될 것이다.

하지만 그런 그들의 예상은 강도영이 노래를 시작하면서 우주 멀리 은하계로 사라져 갔다.

잔잔하게 시작했음에도 도입부에서부터 강도영의 노래는 리허설 때와 확연하게 달랐다.

노래는 원곡을 부른 가수의 키에 정확하게 맞춰져 있었는데 도입부가 가지고 있는 충격적인 고독이 단박에 관객들을 사로잡고 있었다.

입이 떡 벌어졌다.

하지만 그들의 입이 떡 벌어진 것은 시작에 불과했다.

노래가 중반으로 치달으며 고음 파트로 올라가는 순간 스튜디오가 강도영이 터뜨린 고음에 의해 박살이 나기 시작했다.

강렬한 사운드가 홀을 장악했고 그 사운드를 뚫고 나오는 강도영의 무시무시한 고음이 관객들을 자리에서 일으켜 세웠다.

환호의 물결.

녹화장이 콘서트장으로 변했고 관객들은 손을 흔들며 강도영이 펼쳐내고 있는 노래에 흠뻑 젖어 열광을 거듭했다.

"저… 저… 저!"

민 국장이 제대로 입을 열지 못하고 무대를 가리켰다.

무대에서는 강도영이 검은 가죽 코트를 벗어 던진 채 미친 듯이 몸을 흔들어대고 있었다.

"정말… 엄청나군요."

대신 입을 연 것은 석의단이었다.

석의단은 강도영이 노래를 하는 순간부터 지금까지 아무 말도 하지 않은 채 무대를 지켜보고 있었는데 마지막 순간이 되자 자신도 모르게 입술을 비집고 말을 뱉어냈다.

무대에서는 강도영이 마지막 샤우팅을 터뜨리며 관객들을 흥분의 도가니 속으로 몰아넣고 있는 중이었다.

*　　　　*　　　　*

"이런, 젠장. 어쩐지 저놈 여기에 올 때부터 이상한 소리를 하더라니……."

강도영의 무대를 지켜본 이승환이 심각한 표정을 풀지 못한 채 중얼거렸다.

혼자한 말이었지만 옆에 있는 윤철욱에게 들으란 말이기도
했다.

"무슨 말을 했는데요?"

"마지막 무대니까 최대한 열심히 부르겠다고 하더라. 그래
서 그러라고 했지. 너무 티가 나면 이미지에 타격을 입을 테니
까 그러라고 했어. 그런데 이게 뭐냐고… 정말 기가 막혀서 말
도 안 나오는구만."

"도영이 어쩌죠?"

"아… 머리 아퍼 죽을 지경이다. 윤재희가 나와서 이젠 끝
날 줄 알았더니 갈수록 태산이네."

"그나저나 도영이 대단해요. 윤재희가 안 될 것 같은데요."

"넌 걱정도 되지 않냐?"

"이제 와서 걱정하면 뭐 합니까. 어차피 닥친 일인데."

윤철욱이 비실거리며 웃었다.

강도영의 스케줄을 생각하면 울어도 시원치 않을 마당에
그가 웃음을 흘렸으니 이승환의 얼굴이 점점 일그러져 갔다.

"뭐가 그렇게 좋아. 너 미쳤어?"

"안 좋을 것도 없죠."

"왜?"

"방금 도영이 노래 부른 거 보셨잖아요. 이건 도영이가 작
정하고 노랠 부르면 아무도 못 말린단 뜻입니다. 페이스의 간

판 강도영이 노래 쪽에서도 탑이라는 건데 당연히 좋아해야
죠."

"그건 그렇지……."

"사장님, 우리 계획을 좀 바꿔야 할 것 같습니다. 당장 스케
줄이 빵꾸 나도 이걸 포기하기에는 너무 아까워요."

"너, 계약 위반하면 얼마나 깨지는 줄 몰라?"

"알죠, 하지만 계약을 위반하지 않으면 됩니다. 도영이는 이
번 노래를 준비하면서 딱 이틀만 썼어요. 그 정도면 충분히
다른 스케줄을 커버할 수 있습니다."

"드라마는?"

"그것도 본격적인 촬영은 3개월 후부터니까 여유가 있고
요."

"음……."

윤철욱의 대답에 이승환이 긴 신음 소리를 흘려냈다.

무슨 뜻인지 알 것 같았다.

지금 방청객들은 강도영의 무대에 아직도 흥분을 가라앉히
지 못한 채 자리에서 일어나 몬테크리스토 백작을 연호하고
있는 중이었다.

*   *   *

"헉… 헉… 저 기절할 것 같아요."

이수연이 숨을 헐떡이며 중얼거렸으나 그녀의 말에 대꾸하는 사람은 아무도 없었다.

왼쪽에 앉아 있던 서미진도 그녀와 비슷한 상황이었고 오른쪽에 있던 김구영은 충격 때문에 그저 멍하니 무대만 바라보고 있었기 때문이다.

전혀 예상치 못했던 반전.

복면가왕을 시즌 1부터 3년 가까이 지켜봤지만 이런 무대를 펼쳐낸 가수는 지금까지 한 번도 없었다.

이것은 감동 이전에 충격이라는 표현이 어울렸다.

무대에서는 몬테크리스토 백작이 노래를 끝내고 관객들을 향해 손을 흔든 후 자신이 벗어버린 검은 가죽 코트를 주섬주섬 다시 입고 있는 중이었다.

김구영이 불쑥 입을 연 것은 관객들이 뒤늦게 자리에 앉았을 때였다.

"이봐요, 몬테 백작 님. 당신 누구예요!"

"예?"

"도대체 누군데 사람을 반쯤 죽여놓느냐고요. 이러다가 사람 죽으면 책임질 거예요?"

"맞아요. 정말 죽을 뻔했단 말이에요!"

김구영의 말을 받아 이수연이 소리를 쳤다.

그 말에 방청객 속에서 웃음이 터져 나왔다. 그들도 모두 공감했기 때문이다.

패널들이 전부 한마디씩 떠들 때 그들을 가로막고 김성준이 나선 것은 이러다가 녹화에 차질이 발생할 수 있기 때문이었다.

하지만 그 역시 강도영을 향해 한마디 하는 것을 잊지 않았다.

"몬테 백작 님, 정말 대단한 무대였습니다. 녹화장이 완전히 콘서트장으로 변해 버렸어요. 이래도 되는 겁니까?"

"죄송합니다."

"하하하… 그렇다고 죄송할 것까지는 없죠. 이 양반은 농담도 진짜로 받아들이시네. 사회자로서 이런 질문을 해서는 안 되지만 몬테 백작 님 우리 이 시점에서 한 가지만 짚고 넘어갑시다. 여기 계신 여자분들은 물론이고 시청자들께서도 전부 궁금해할 것 같은데 결혼은 했습니까?"

"아뇨, 아직 총각입니다."

"여기까지……! 여러분 궁금한 거 하나는 풀었죠. 아직 몬테 백작 님은 총각이랍니다."

"와아!"

역시 노련한 사회자다.

여자들의 두근거리는 가슴을 더욱 설레게 만드는 진행 솜씨로 관객들의 탄성을 이끌어낸 김성준은 의미심장한 웃음을 흘리며 비비안 리를 무대로 올렸다.

늘씬한 몸매를 자랑하는 비비안 리가 무대로 올라오자 관객들로 하여금 평가 버튼을 누르게 만든 김성준이 마법 같은 화술을 뿜어내기 시작했다.

"어때요, 이 두 분이 같은 자리에 있으니까 무척 잘 어울리지 않나요?"

"아뇨!"

방청객 속에서 심지어 패널로 참여했던 여자들까지 전부 강한 반대 의사를 나타냈다.

그녀들은 복면 속에 숨어 있는 강도영의 정체를 모르면서도 김성준의 말에 온몸으로 거부 반응을 나타냈다.

그만큼 강도영의 무대에 홀릭되어 있다는 뜻이었다.

"하하하… 여성 관객들이 마구 질투를 하시는군요. 비비안 리 님 생각은 어떠십니까?"

"저야 영광이죠. 저도 아직 시집을 안 갔거든요."

"이런, 큰일 났네. 큰일 났어. 몬테 백작 님 얼굴도 안 봤으면서 그래도 되는 거예요?"

"안 봐도 충분히 매력적인걸요."

"아이구, 괜히 말해서 점점 일을 커지게 만들어 버렸네. 일단 그 얘기는 여기서 멈추고, 비비안 리 님은 몬테 백작 님의 무대 어떻게 보셨습니까?"

"숨이 턱턱 막힐 정도로 좋았어요. 저도 일어나 마구 뛰었 거든요. 몬테 백작 님은 엄청난 엔터테이너 같아요."

그녀의 눈이 진심을 말하고 있었다.

경연 무대에 올라 상대에 대해 말할 때는 가급적 좋은 평가 를 해주는 게 일반적이었으나 그녀는 진심으로 강도영의 무대 에 감탄을 금치 못했다.

김구영으로부터 시작된 패널들의 감상평도 비슷했다.

그들은 강도영이 보여준 어마어마한 무대 장악 능력을 일일 이 짚어가며 칭찬을 했는데 입에서 침이 튀길 정도였다.

두두두둥… 두두둥.

패널들의 감상평이 모두 끝나고 결과를 발표하는 시간이 다 가왔다.

관객들은 전부 숨을 멈췄고 패널에 있는 여자들은 눈을 가 린 채 누군가의 승리를 간절히 기도했다.

김성준 특유의 목청이 터진 것은 관객들의 긴장이 최고조 에 달했을 때였다.

"이번 복면가왕의 최종 승자는 바로… 몬테크리스토 백작입 니다! 몬테크리스토 백작이 비비안 리를 꺾고 3연승에 성공했 습니다!"

결과는 118 대 81.

압도적인 표차였다.

그러나 그것은 몬테크리스토 백작의 신화가 본격적으로 시작됨을 알리는 신호탄에 불과했다.

*   *   *

인터넷이 또다시 후끈 달아오른 건 강도영이 '진달래꽃'으로 3승을 달성한 후부터였다.

1차 방어전이 방송되었을 때는 도전자들의 면면이 생각보다 약했고 강도영의 방어전곡과 가창력이 가왕 등극 때 불렀던 '와인'의 전율적인 모습을 보여주지 못했기 때문에 그에 대한 관심이 소강상태를 보였으나 3연승에 성공하자 상황은 백팔십도로 변해 버렸다.

무엇보다 그가 보여준 압도적인 무대가 시청자들을 놀라게 만들었기 때문이다.

경연이라는 한정된 무대를 벗어나 콘서트를 하듯 자유롭게 노래하는 그의 모습은 시청자들을 감탄하게 만들기에 충분한 것이었다.

인터넷의 동영상 클릭 수가 끝없이 올라갔고 방송이 나간 후 몬테크리스토 백작이란 이름이 포털 사이트 1위에 다시 올랐다.

하지만 그것은 시작에 불과했다.

몬테크리스토 백작이 '야생화'와 '바람기억'으로 거푸 5연승까지 내닫자 그가 부른 동영상의 숫자가 기하급수적으로 치달았다.

그가 부른 노래들은 하나같이 최고 난이도를 가졌으나 몬테크리스토 백작의 무대는 원곡 가수조차 뛰어넘을 정도의 감동을 주었다는 게 사람들의 평가였다.

재밌는 일이 발생한 것은 가왕에 올랐을 때 부른 '와인'은 물론이고 3연승을 이끈 '진달래꽃'부터 '야생화', '바람기억'이 음원 차트를 전부 석권했다는 것이었다.

당연히 음원 판매 실적도 몬테크리스토 백작이 부른 노래가 최상단부를 전부 휩쓸어 버렸는데 무려 300만 건이 넘을 정도였다.

그러나 무엇보다 사람들의 관심을 끈 건 그의 정체가 과연 누구냐란 것이었다.

복면가왕이 시작된 이후 지금까지 이렇게 꽁꽁 베일에 싸인 사람은 아무도 없었다.

인터넷 수사대가 맹렬하게 추적을 했으나 그의 정체는 아무도 밝혀내지 못했다.

몬테크리스토 백작이 연일 언론에 집중되고 있는 것도 그런 이유 때문이었다.

사람들의 뇌리에 존재하지 않는 신비의 가수.

유명훈, 김주열, 김유철, 윤재희, 박지호, 전현수 등 노래로 정점에 선 기라성 같은 가수들을 꺾으며 연승 행진을 거듭하고 있었으니 사람들의 궁금증은 시간이 갈수록 커져갈 수밖에 없었다.

*   *   *

파워 블로거 신민아는 최근 들어 부쩍 말이 없어졌다.

벌써 2달이 넘도록 컴퓨터에 달라붙어 몬테크리스토 백작의 정체를 밝혀내기 위해 안간힘을 썼으나 아직까지도 그의 정체는 오리무중이었다.

그녀가 운영하는 블로그의 게시판은 난리가 나 있었다.

몬테크리스토 백작의 노래에 관한 것들도 많았으나 가장 주류를 이루고 있는 것은 그의 정체에 관한 내용이었다.

신민아를 미치게 만드는 것은 회원들이 서서히 그녀의 실력을 평가절하하며 탈퇴 러쉬를 시작했다는 것이었다.

무려 35,000명까지 갔던 블로그 회원 수가 최근 10일 사이에 3천 명이나 줄어들었기 때문에 이대로라면 그녀의 밥줄이 끊기는 건 시간문제였다.

둘도 없이 친하게 지내는 허상미가 그녀를 찾아온 것은 점심을 먹고 침대에 누워 낮잠을 자고 있을 때였다.

어제도 거의 꼬박 새다시피 하며 작업을 했기 때문에 밥을 먹고 나자 병든 병아리처럼 고개가 자동적으로 떨어졌다.

"밥은 먹고 사는 거냐?"

"응."

"어휴, 이 계집애야. 이게 다 뭐니. 좀 치워놓고 살아!"

양손에 먹을 걸 잔뜩 싸 들고 들어온 허상미가 식탁에 놓여 있는 설거지거리를 쳐다보며 소릴 질렀다.

밥 먹고 나서 치우지 않았기 때문에 식탁은 엉망이었다.

"냅둬라. 나중에 기운 차리면 치울게. 지금은 그거 치울 힘도 없단다."

"아직도야?"

"아무래도 그놈은 하늘에서 뚝 떨어진 것 같아."

"큰일 났네……."

전자 제품 회사에 다니는 허상미는 언제나 일요일이 되면 그녀의 집을 찾았다.

그녀가 자취방에 찾아오기 시작한 건 복면가왕에 출연하는 사람들의 정체를 신민아가 밝혀내는 작업을 시작한 후부터였다.

애인이 없으니 데이트할 일이 없었고 친구와 함께 출연진의 정체를 밝혀내는 재미가 너무나 좋았기 때문이다.

깔끔하기로 둘째가라면 서러워하는 허상미가 신민아의 자취방을 탈탈 털어가며 청소하기 시작했다.

시간은 많이 걸리지 않았다.

자취방이 워낙 작았기 때문에 이리저리 쓸고 닦는 데 걸린 시간은 30분에 불과했다.

둘이 나란히 앉아 맥주를 두 캔이나 원샷으로 때리고 컴퓨터 앞에 앉았다.

신민아는 이번 주에 했던 작업들을 설명해 줬는데 얼마나 방대했던지 허상미가 입을 떡 벌렸다.

이름깨나 있다는 가수들은 벌써 예전에 해치웠고 이번 주에 주 대상으로 삼은 것은 아이돌 그룹과 트로트, 심지어 언더그라운드 가수까지 포함되어 있었다.

다시 한 번 말하지만 복면가왕에 나온 출연자의 정체를 밝혀내는 건 그동안 일도 아니었다.

가수는 일단 음성에서 특색이 드러나고 그것이 명확하지 않을 경우 노래하는 자세를 보면 알 수 있다.

노래하는 자세를 바꾸는 놈들도 가끔 있으나 그건 자기도 모르게 나오는 말투와 행동으로 때려잡을 수 있기 때문에 정체를 밝히는 건 어려운 일이 아니었다.

텔레비전에 한 번이라도 나왔고 인터넷에 동영상이 나돌 정도의 가수라면 모두 걸릴 수밖에 없단 뜻이다.

허상미가 입을 떠억 벌린 건 신민아가 가수뿐만 아니라 뮤지컬 쪽, 그리고 배우와 개그맨까지 섭렵했기 때문이다.

"가수 쪽에는 정말 없는 거야?"

"확실해. 두 달 동안 이 잡듯 뒤졌지만 유력 용의자조차 찾아내지 못했어. 가수는 절대 아니야."

"그럼… 이제 포기해. 배우와 개그맨까지 뒤지는 건 너무 방대하고 힘들어. 블로그 회원들도 이해해 줄 거야. 아무도 모르는데 너한테만 신경질 내는 건 말도 안 되는 짓이야."

"상미야, 회원들이 블로그에 들어온 건 내가 복면가왕에 나오는 출연자들을 족집게처럼 찾아냈기 때문이야. 내가 몬테크리스토 백작의 정체를 밝혀내지 못하니까 벌써 회원 수가 3천 명이나 줄었어. 그런데 포기할 수 있겠니?"

"그럼 어쩌려고?"

"배우 쪽에서 유력한 용의자를 몇 명 찾아냈어."

"정말?"

"응."

"누군데?"

허상미가 바짝 다가서자 신민아가 마우스를 이동시켜 화면을 바꾸었다.

거기에는 3명의 남자 모습이 떠 있었는데 그걸 본 허상미가 헛웃음을 지었다.

다른 두 명은 잘 모르는 사람이었지만 중앙에 있는 남자는 그녀도 너무나 잘 알고 있는 사람이었기 때문이다.

"네가 결국 미쳤구나."

"미치지 않으면 이 짓을 했겠니? 이것 봐. 내가 왜 이 사람을 유력한 용의자로 꼽았는지 알 수 있을 테니까."

신민아가 또다시 마우스 버튼을 옮겨서 클릭을 하자 동영상이 올라오면서 소리가 흘러나오기 시작했다.

바로 몬테크리스토 백작이 검은 가죽 코트를 휘날리며 사방을 향해 무서운 솜씨로 발차기를 하는 장면이었다.

그 장면이 끝나자 곧이어 영화 히어로에서 강도영이 조폭들과 싸우는 장면이 이어졌다.

일곱 명의 조폭을 상대로 강도영이 현란한 발차기를 보여주는 액션 신이었다.

허상미가 멍한 눈으로 동영상을 보다가 화면이 정지하자 어이없다는 눈으로 신민아를 바라봤다.

"이것 때문에 몬테크리스토 백작이 강도영이라는 거냐?"

"누가 강도영이래. 유력하다는 거지."

"나머지는?"

"이 사람은 영화에 자주 나오는 액션 전문 배우고 이 사람은 말할 때 행동이 비슷해서 골랐는데 사이즈하고 몸매가 거의 똑같아."

"어이구, 이 미친년아."

"이젠 더 이상 내가 할 수 있는 게 아무것도 없어. 그래서 이 세 사람이 유력한 용의자라고 블로그에 올릴 생각이야. 내가 계속 침묵을 지키고 있으면 회원 수가 점점 줄어들게 뻔해. 그렇게 되면 난 또 백수 생활로 돌아가야 되는데 절대 그럴 수는 없잖아. 그러니까 틀리더라도 올릴 거야."

"난 모르겠으니까 네 마음대로 해. 하지만 그거 올리면 욕을 바가지로 얻어먹는 데 내 전 재산을 건다. 갖다 댈 걸 갖다 대야지. 어디서 강도영을 끌어들여. 걘 밥 먹고 똥 싸기도 바쁜 애라고!"

*　　　　*　　　　*

박진웅과 한대석은 오랜만에 그들이 자주 가는 회원제 클럽 '프린스'에서 만났다.

대한민국 가요계를 석권하고 있는 YK와 HDS엔터테인먼트를 이끌고 있는 두 사람은 신인 가수들에게 신으로까지 불렸는데 얼굴 보기가 하늘의 별 따는 것처럼 어려웠다.

두 사람의 우정은 벌써 20년간 이어져 왔다.

가수 생활 때 만난 이후 지금까지 20년 동안 끈끈한 우정을 이어왔으니 인생의 동반자라 할 만했다.

가요계를 대표하는 거물로 성장하면서 경쟁 관계에 있었으나 계속해서 만남의 자리를 갖는 건 그런 인연이 있기 때문이다.

같은 부류의 일을 하고 있으니 만나면 언제나 즐겁다.

상대방 회사가 어떻게 신인들을 콘택트하는지 어떤 신인을 키우고 있는지에 대한 정보는 물론이고 현재 진행되는 음악의 장르나 향후에 추구해야 할 방향까지 논의했으니 이 자리는 단순한 술자리가 아니라 비즈니스라 해도 충분했다.

보유하고 있는 인기 가수들의 콘서트가 화제가 되면서 열띤 토론이 이어졌다.

최근의 콘서트 추세는 국내에서 벌어지는 것보다 외국에서 훨씬 돈이 되기 때문에 두 회사의 주력 가수들은 수시로 일본과 중국, 동남아시아에서 공연 일정을 잡았다.

바로 한류 때문이다.

드라마와 K-POP으로 대별되는 한류는 현재 아시아에서 인기 정상을 달리고 있었다.

그들의 입에서 복면가왕에 대한 이야기가 나오기 시작한 것은 두 회사의 주력 가수들을 조인트해서 콘서트를 개최하자는 합의를 마친 후부터였다.

"형도 봤지, 걔. 몬테크리스토 백작."

"대단하더군. 엄청났어. 그런데 이상해. 우리나라에 그런 놈이 있는 걸 왜 몰랐을까?"

"혹시 생각나는 거 없어?"

"무슨 소리야?"

박진웅이 묻자 한대석이 반문을 해왔다.

그의 질문이 무엇을 의미하는지 이해하지 못했기 때문이다.

하지만 질문을 던진 박진웅의 표정은 어느새 슬그머니 굳어지고 있었다.

"난 그놈 목소리가 귀에 익어. 형은 안 그래?"

"난 전혀. 아무도 그놈의 정체를 모르는데 넌 안다는 뜻이냐?"

"안다는 게 아니라 익숙하다는 거지. 예전에 들어봤던 목소리와 너무 흡사하거든."

"예전에 언제?"

"형, 십여 년 전에 우리가 코리아스타 심사 위원으로 참여했을 때 그 뚱뚱하고 못생긴 애 기억 안 나? 그때 걔가 바람기억을 불렀었지."

박진웅이 빤히 쳐다보며 묻자 한대석이 얼굴을 찌푸렸다.

하루하루를 정신없이 살아가는 그에게 10년도 훌쩍 넘은 기억을 꺼낸다는 건 결코 쉽지 않은 일이었다.

하지만 그는 곧 탄성으로 기억의 편린이 조합된 것을 알려

쳤다.

"그래, 그놈. 그때 바람기억을 불렀었지. 내가 충격을 먹을 정도였으니까 말이야."

"맞아, 그놈. 그놈 목소리가 몬테크리스토 백작과 비슷하지 않아?"

"그러고 보니 그런 것 같기도 하네."

"그때 그놈이 예선에서 부른 노래가 야생화였어. 그것도 기억나?"

"음… 기억난다."

"우연일까?"

"네 말이 무슨 뜻인지 알겠는데 그건 너무 나갔어. 그놈 목소리가 비슷하다는 건 인정해. 하지만 걔는 아니야. 너도 봤다시피 몬테크리스토 백작은 극상의 몸매를 가지고 있잖아."

"다이어트 했을 수도 있지 않을까?"

"하하하… 다이어트. 그래, 다이어트 했다고 치자. 그럼 얼굴은 성형수술했어?"

"얼굴은 아직 못 봤으니까 모르지."

"진웅아, 복면가왕은 가수와 노래 잘하는 연예인들이 나오는 곳이야. 그런 곳에 그놈이 나올 수 있겠어? 그놈은 우리도 포기한 놈인데 어떤 놈들이 걔를 안고 갔겠냐. 설혹 안고 갔다 해도 우리 레이더에 잡히지 않을 리 없잖아. 쓸데없는 상상이다."

"알아… 그런데도 자꾸 마음에 걸리네. 그때 돌아가던 그놈 눈빛이 이상하게 아직도 생생하거든."

"뭐라고 했냐. 그때?"

"미안하다고 했어. 그리고 다른 길 찾아보라고 했던 것 같아. 그 얼굴과 몸매로는 도저히 가수를 할 수 없었으니까."

"애를 두 번 죽였구나."

"그땐 그렇게 말해주는 게 좋다는 생각을 했지. 괜한 욕심으로 꿈을 키우면 훨씬 상처가 커졌을 거야."

"사람의 인생은 스스로 개척해 나가는 거다. 너는 쓸데없는 참견을 한 거야. 우리가 그놈을 떨어뜨린 건 그때 그 순간 최선을 다했던 거였어. 결코 미안해할 일이 아니었다."

"형 말이 맞아. 그런데 이상하게 그놈의 슬픈 눈빛은 잊히지 않는단 말이지."

"받아라, 술이나 한잔 더 해."

한대석이 비어 있는 박진웅의 잔에 술을 따랐다.

그러고는 자신의 잔에도 술을 따른 후 박진웅이 든 잔에 살짝 부딪혔다.

고급술이지만 쓰다.

나이가 들면서 이젠 어떤 술을 마셔도 부드럽다는 생각이 들지 않았다.

한대석의 눈이 슬쩍 빛난 것은 박진웅이 한입에 술을 털어 넣었을 때였다.

"그나저나 난리라며?"

"뭐가?"

"어제 석 피디를 만났는데 몬테크리스토 백작이 계속 연승을 하면서 노래 좀 한다는 놈들이 출연하겠다고 줄을 섰단다. 심지어 신준영하고 박희정까지 전화를 해왔대."

"허어, 신준영하고 박희정까지. 걔들이 왜?"

신준영과 박희정은 대한민국을 대표하는 대형 가수들이었다.

가창력의 끝판왕.

노래 좀 한다는 가수들도 그들 앞에서는 자연스럽게 꼬리를 내릴 정도로 엄청난 실력을 가진 사람들이었다.

"가요계에서는 몬테크리스토 백작이 가수가 아니라는 소문이 떠돌고 있어. 어디서 시작된 건지 모르겠지만 이미 파다하게 퍼졌다."

"가수가 아니라고? 그런 놈이 가수가 아니면 누가 가수를 해. 그거 헛소문 아냐?"

"출처는 방송국이야. 민 국장이 철저하게 입단속을 시켜서 정체는 아직 노출되지 않았지만 방송국에서 흘러나온 건 확실해."

"그래서?"

"그놈이 가수가 아니라는 소문 때문에 기성 가수들이 자극 받은 모양이야. 신준영하고 박희정이 스스로 나가겠다고 한 것도 그 때문인 것 같고."

"가수도 아닌 놈이 설치는 걸 눈뜨고 못 보겠다?"

"빙고."

"뭐야, 이거. 점점 일이 재밌게 돌아가네. 앞으로 복면가왕 이 대박 터지겠구만. 그게 사실이라면 복면가왕 꼬박꼬박 챙 겨 봐야겠다. 걔들까지 나간다면 조만간 정체가 드러날 테니 까 도대체 누군지 내 눈으로 똑똑히 확인해 봐야겠어."

*   *   *

몬테크리스토 백작에 대한 사람들의 궁금증은 가창력의 끝 판왕이라고 불리는 신준영과 박희정까지 꺾으며 9연승을 달 성하자 극에 달했다.

9연승의 상대였던 박희정의 노래는 역대급이라는 평가를 받을 정도로 대단했으나 결국 강도영이 부른 '인연'의 벽을 넘 지 못했다.

벌써 몇 번째인지 모른다.

여자 관객들의 눈물샘을 자극하는 그의 노래에는 신비한

감정이 담겨 있어 무대가 끝날 때마다 방청석을 눈물바다로 만들어 버렸다.

이제 1승만 더 한다면 몬테크리스토 백작은 복면가왕 역사상 처음으로 명예의 전당에 남는 기록을 달성하게 된다.

그 누구도 이루지 못한 대기록.

시즌 1에서 9연승을 달성한 '뮤직킹, 한정우'가 있었으나 그도 명예의 전당에까지는 오르지 못했다.

언론은 매일 몬테크리스토 백작의 9연승을 알리며 그의 정체에 대한 추측을 하느라 몸살을 앓았지만 여전히 오리무중에 사로잡혀 있었다.

수많은 기사의 홍수.

기자들은 몬테크리스토 백작이 복면가왕에 등장하면서 불렀던 노래들에 대해 연재식으로 기사를 썼고 그의 음악성과 심지어 고음에 대한 분석까지 철저하게 파헤쳤다.

기자들이 그에 대해서 미친 듯이 기사를 써댄 이유는 그만큼 사람들의 관심도가 엄청났기 때문이다.

복면가왕의 시청률은 몬테크리스토 백작이 연승을 거듭하자 계속 치솟고 있었는데 9연승을 달성할 때의 시청률은 무려 31%를 기록했다.

방송국은 복면가왕의 시청률이 급격하게 치솟자 연일 예고편을 때려대며 무제한의 홍보를 거듭했다.

이대로라면 몬테크리스토 백작이 명예의 전당에 오르는 게 결정되는 주에는 예능 프로그램으로 꿈의 숫자라는 시청률 35%를 기록하게 될지도 몰랐다.

*   *   *

주간연예의 베테랑 기자 유승민은 사무실에서 편집국장에게 한 소리 듣고 곧장 돼지껍데기집으로 향했다.

밥 먹고 살기 참 힘들다.

나이가 40이 넘었어도 새까만 후배들 앞에서 상사한테 깨지고도 찍소리조차 못 하는 자신이 너무나 한심했다.

식당에 들어서자 안쪽 구석에서 손을 번쩍 드는 놈이 보였다.

스포츠제일의 연예 담당 기자 손정문이었다.

손정문과는 나이도 같고 연예계에 입사한 시기도 비슷했기 때문에 친구로 삼았는데 가끔가다 이렇게 만나 술자리를 같이하며 신세 한탄을 했다.

"얼굴이 왜 그러냐. 꼭 똥 씹은 얼굴이네?"

"쩝, 술이나 따라."

유승민이 잔을 내밀며 술잔을 가리켰다.

손정문은 일찍 와서 미리 안주를 시켜놓았기 때문에 불판

위에는 돼지껍데기가 먹기 좋게 익어가고 있었다.

머리도 좋고 눈치도 빠른 놈이다.

술잔을 채운 두 사람은 약속이나 한 것처럼 한입에 털어놓고 다시 술잔을 채웠다.

"깨졌냐?"

"씨벌."

"요즘은 깨지는 게 유행이네. 나도 오늘 한 소리 듣고 나왔다. 하도 지랄하길래 책상을 뒤엎을까 하다가 간신히 참았어."

"너는 왜?"

"우리가 깨지는 거 뻔한 거 아냐. 전부 그 새끼 때문이지. 뭐, 넌 다른 이유냐?"

"씨벌."

손정문의 말에 유승민이 자신에 앞에 놓인 술잔을 입으로 가져갔다.

요샌 습관적으로 입에서 욕이 튀어나온다.

"뭐라디?"

"뭘 뭐래. 아무거나 가져오라고 난리지."

"뭘 알아야 가져갈 거 아냐. 어디서 그런 괴물 같은 놈이 튀어나와서 이런 사달을 만드는지 모르겠네."

"정보 좀 없냐? 이러다 짤리겠다."

"그런 거 있으면 나 좀 줘라. 빈손으로 들어갈 생각하니까

갑갑해 죽겠어."

"방송사 이 개새끼들, 이쯤 되면 슬쩍 흘려줄 때도 된 거 아냐? 가수가 아니라는 거 맞기는 한 거야?"

"그 소리 흘러 나간 게 방송사라는 걸 알고 민 국장이 거품 물면서 길길이 뛰었단다. 다시 이상한 소리 나가면 전부 짤라 버리겠다고 협박했대. 그래서 그런지 석 피디는 물론이고 그 밑에 놈들도 벙어리가 되었어."

"아, 이럴 때 그 자식 정체만 알면 일계급 특진은 그냥 먹는 건데. 우리 국장 잔소리에 시달리지 않아도 되고."

"크크큭… 꿈꾸고 계시는구만."

유승민의 말에 손정문이 괴상한 웃음을 흘려냈다.

비웃는 게 아니라 그 꿈이 가상했기 때문이다.

지금 모든 연예계 기자의 최대 소망은 몬테크리스토 백작의 정체를 밝혀내서 특종으로 때리는 것이었다.

"야, 정문아. 너 인터넷에 떠도는 거 다 봤지?"

"그건 당연한 거 아냐?"

"지금까지 인터넷에 떠도는 루머는 전부 가짜로 확인되었어. 워낙 개떼같이 달려들어 파헤쳤기 때문에 대부분 다 가짜로 판명 났단 말이야."

"무슨 소릴 하고 싶어서 그래?"

"그런데 딱 하나 확인하지 못한 게 있다."

"음악 세계란 블로그에 있는 거 말하는 거냐?"

"알고 있었군."

"으이구, 이 화상아. 아무리 죽을 판이라도 그걸 믿어! 차라리 내가 몬테크리스토 백작이라고 써라."

"이 자식아, 걔가 못 맞힌 놈이 없잖아!"

"가서 확인해 봐. 그래서 강도영이 몬테크리스토 백작이란 물증 가지고 오면 내가 강남 룸싸롱 가서 풀코스로 산다."

"끄응."

"정신 차려. 괜히 말도 안 되는 기사 썼다가 정말 밥줄 끊기는 수가 있어. 생각해 봐라. 지금 그놈이 곧 드라마 촬영 들어가는 것 때문에 연예계가 전부 들썩거리고 있는데 뭐, 강도영이 가왕이라고? 인마, 지나가는 개가 다 웃겠다."

                    *   *   *

TCN의 연예 프로그램 '그 남자, 그 여자'는 스타들을 출연시켜 근황을 물어보고 재밌는 게임도 하는 주말 프로그램이었다.

3명의 개그맨과 2명의 가수들이 고정 출연하면서 섭외된 스타들을 상대로 프로그램을 진행하는데 메인 MC 김주동의 거침없는 진행과 개성 있는 고정 패널들의 입담으로 꽤 많은 인기를 얻고 있었다.

'그 남자, 그 여자'가 시청자들의 인기를 끌고 있는 또 다른 이유는 다른 프로그램과 달리 출연자에 따라 매번 신선한 콘셉트를 준비하기 때문이다.

오늘 출연자는 요즘 인기 상종가를 치고 있는 가수 겸 모델, 설연이었다.

일명 광고 퀸으로 불리는 그녀는 맥주와 화장품을 포함해서 현재 텔레비전에 나오는 광고 숫자만 해도 7개였다.

남자들의 워너비.

신의 몸매를 가졌고 섹시함과 청순함을 모두 겸비한 그녀는 남자들이 꼽는 이상형 1위였다.

설연이 방송에 출연하자 메인 MC 김주동은 물론이고 전부 남자들로 구성된 패널들이 난리 부르스를 추면서 그녀를 맞아들였다.

오두방정의 극치.

물론 의도적인 것도 있었으나 스튜디오에 들어선 그녀는 진심으로 탄성이 터져 나올 만큼 아름다웠고 매력적이었다.

김주동이 포문을 열자 패널들이 보조를 맞추며 프로그램이 시작되었다.

언제나 그렇듯 김주동은 시청자들이 궁금해하는 그녀의 근황과 일상, 그리고 가수 활동과 광고를 찍으며 겪은 에피소드를 중심으로 이야기를 풀어나갔다.

김주동이 프로그램의 재미를 위해 작정하고 질문하기 시작
한 것은 그녀를 위해 준비한 게임의 전초 작업이었다.

"설연 양은 광고계의 퀸으로 알려져 있는데 지금까지 얼마
나 광고를 찍었죠?"

"35개요."

"우와, 엄청나군요. 난 7개밖에 못 찍었는데, 그것도 15년 동
안. 내가 알기로는 그 35개가 5년 만에 다 찍은 거라면서요?"

"맞아요."

"돈 엄청 벌었겠어요. 어디 보자……."

김주동이 손가락을 접었다, 폈다 하면서 계산하는 척하다
가 방긋 웃으며 다시 입을 열었다.

"계산 불가. 엄청 많음. 그렇죠?"

"호호호……."

설연은 대답하지 않았다. 돈에 관한 이야기는 절대 하지 말
라고 소속사 측으로부터 언질을 받았기 때문에 그녀는 웃음
으로 대답을 때웠다.

하지만 김주동의 본론은 그것이 아니었던 모양이다.

"우리가 알기로 광고 퀸 설연 양이 누구 때문에 곤욕을 치
렀다고 들었는데요. 맞나요?"

"…어떤?"

"맥주 광고에서 그랬다던가… 뭐라던데?"

"주동 오빠, 꼭 그거 말해야 돼요?"

"아니, 뭐. 내가 알고 싶다기보다는 시청자들이 궁금해할 것 같아서."

곤란한 듯 설연이 반문을 하자 김주동이 은근히 카메라 쪽으로 시선을 돌리며 핑계를 댔다.

절대 피할 수 없는 핑계를 말이다.

설연의 입이 어쩔 수 없다는 듯 열린 것은 그의 핑계를 받아들였기 때문이다.

"할 수 없네요. 맥주 광고 맞아요. 제가 광고한 맥주가 강도영 씨로 인해 상당한 타격을 받았다고 들었어요. 모델로 출연한 저로서는 정말 힘든 일이었죠."

"강도영 씨가 상대사 맥주 광고에 출연했기 때문에 타격을 입었다는 건가요?"

"네."

"아이고, 그럼 설연 양은 강도영 씨가 엄청… 많이 밉겠네요?"

"에이, 그건 아니죠. 다른 사람도 아니고 강도영 씬데 미워할 수 있나요."

"왜요. 나를 힘들게 하면 당연히 미운 거잖아요?"

"히힛, 그래도 강도영 씨는 밉지 않아요. 워낙 대스타고 잘생겼잖아요. 우리 회사 사장님도 신경 쓰지 말라고 했어요.

그분과 경쟁 대상이 된 것만으로 엄청 잘한 거라고 했단 말이
에요."

"그렇군요. 강도영 씨 잘생겼죠. 그럼 질문, 강도영 씨가 데
이트를 신청하면 한다, 안 한다?"

"어… 이런 거 방송에서 대답해도 괜찮아요?"

"그럼요. 당연하죠."

"호호호… 한다."

"쩝, 기분 나빠. 하여간 남자는 잘생기고 봐야 해."

김주동이 슬쩍 신경질을 부리자 옆에 있던 패널들도 전부
다 한마디씩 떠들었는데 김주동과 비슷한 유형의 말들이 대
부분이었다.

하지만 설연은 그들의 말에 미소를 지으며 전혀 다른 말을
꺼냈다.

"잘생겨서 그런 거 아니에요. 그분이 출연한 영화하고 드라
마를 봤는데 정말 대단했어요. 자기 분야에서 최고가 된 남자
는 여자들한테 엄청 매력적이라고요."

"그럼, 요즘 장안의 화제가 되고 있는 몬테크리스토 백작은
어때요?"

그녀의 대답에 옆에서 듣고 있는 개그맨 최인구가 불쑥 끼
어들었다.

그러자 설연의 표정이 단박에 바뀌었다.

"어머, 정말 그분 대단하세요. 저도 가수지만 그분의 노래는 들을수록 엄청나요."

"노래 말고 남자로 어떠냐니까요?"

"그분도 매력적이에요. 전 몬테크리스토 백작 광팬이거든요."

예상했던 대답에 김주동의 표정이 사악하게 변했다.

원하던 대답이 나왔으니 이제 본론에 들어갈 시간이었기 때문이다.

"자, 그럼 지금부터 이상형 올림픽을 시작하겠습니다. 설연 양, 우리가 현재 대한민국을 대표하는 가장 핫한 스타들의 사진을 준비했거든요. 전부 합해 16명입니다. 준비됐나요?"

"그게 뭐죠?"

"두 명의 사진이 나오면 설연 양의 이상형에 가까운 사람 쪽 버튼을 누르면 됩니다. 가장 마지막에 남은 사람이 설연 양의 이상형인 거죠. 알아들었어요?"

"우와, 재밌을 것 같아요."

"자, 그럼 시작합니다."

역시 '그 남자, 그 여자' 피디는 인기 끄는 재주가 있는 사람이었다.

프로그램에서 준비한 16명의 면면은 대한민국을 들어다 놓을 정도의 스타들이었는데 그중에는 오래전부터 한류 스타로 군림해 온 이재성과 정민수, 박진성도 포함되어 있었다.

게임의 방법은 단순했다.

화면은 통해서 두 남자의 사진이 나오면 3초 이내에 버튼을 눌러야 한다는 것이었다.

설연은 활달한 성격답게 거침이 없었다.

그녀는 강도영의 사진이 올라오는 대로 상대들을 추풍낙엽처럼 떨어뜨렸는데 그것은 반대쪽에서 올라온 몬테크리스토 백작 쪽도 마찬가지였다.

설연은 강도영과 복면을 쓰고 있는 몬테크리스토 백작의 얼굴이 보이면 가차 없이 선택했는데 한류 스타든 뭐든 소용이 없었다.

결국 마지막 두 명이 잠시 그녀의 선택을 멈추게 만들었다.

"이야, 정말 설연 양 어쩌려고 그래요. 이렇게 사정없이 막강한 스타들을 떨어뜨려도 되는 겁니까?"

"호호호… 그럼 어떡해요. 두 분이 너무 좋은데."

"좋습니다. 좋아요. 이제 강도영 씨와 몬테크리스토 백작만 남았군요. 마지막 선택을 시작하겠습니다. 자, 설연 양의 선택은!"

"아… 큰일 났네……."

지금까지 버튼 누르는 데 망설임을 보이지 않았던 설연이 손을 움직이지 못한 채 고개를 숙였다.

이게 뭐라고.

두구두구두구두두둥…….

음향 효과 터지고 난리가 났다. 그저 단순한 게임에 불과했지만 설연의 선택을 지켜보던 패널들은 마른침을 삼키며 긴장감에 사로잡힌 채 그녀가 최종 버튼을 누르는 걸 확인하기 위해 두 눈을 부릅떴다.

결국 두 눈을 감은 채 한참 동안 망설이던 그녀가 손을 번쩍 치켜들더니 사정없이 버튼 쪽을 향해 내리친 건 꽤 오랜 시간이 지난 후였다.

하지만 승자를 알리는 버튼의 버저 음은 들리지 않았다.

그녀가 버튼을 누른 것이 아니라 버튼 사이의 바닥을 쳤기 때문이다.

"오빠, 도저히 못 고르겠어요. 그냥 두 사람하고 전부 데이트하면 안 돼요?"

              *   *   *

언론이 몬테크리스토 백작의 10연승 기록 달성 여부와 명예의 전당에 대한 기사로 몸살을 앓고 있을 때 TCN에서는 누구도 예상하지 못했던 카드를 꺼내 들었다.

시청률을 위해 고민하던 제작진이 시즌 1에서 9연승이라는 신화를 만들어낸 '뮤직킹, 한정우'의 출연을 결정했던 것이다.

그들의 의도는 간단하면서도 강력했다.

동시대에 전 국민들의 시선을 한 번에 끌어모은 두 명의 가수들을 경쟁시켜 '명예의 전당'에 올린다는 것이었다.

한정우는 언더그라운드로 시작해서 점점 사람들에게 가창력을 인정받아 이름을 날리더니 복면가왕을 통해 불세출의 가수로 거듭난 사람이다.

그의 무시무시한 고음과 샤우팅, 끝을 알 수 없는 감수성은 당대 제일이라고 알려져 있었다.

한정우가 9승에서 무대를 끝낸 것은 그 당시 명예의 전당이란 제도가 없었기 때문이다.

앞서 말했듯이 복면가왕은 출연 그 자체만으로는 돈벌이가 전혀 안 되는 프로그램이었기에 9연승을 하는 동안 수입이 없어 한정우는 많은 곤란을 겪을 수밖에 없었다.

혼자라면 배고픔을 견딜 수 있었겠지만 그는 록 그룹의 리드 보컬이었기 때문에 나머지 멤버들의 생계까지 걱정해야 할 판이었다.

그가 많은 고민 끝에 복면을 벗은 것은 당연히 고의적인 일이었다.

방송사와 미리 상의를 해서 가창력이 필요 없는 곡을 선정했고 심지어 플랜 B까지 동원해서 무대를 내려왔다.

어쩔 수 없었다.

복면가왕이 되기 전까지 재야의 고수로 활동하면서 겨우 이름을 얻은 그의 수입은 몇 달을 허송세월해도 괜찮을 만큼 많지 않았기 때문이다.

제47장
가왕Ⅲ

"한정우는 도착했나?"

"아직입니다."

"휴우, 긴장되는구만."

민 국장이 담배를 꺼내 물고 불을 붙이자 석의단이 얼굴을 찡그렸다.

국장은 요즘 들어 끊은 지 2년이나 되었던 담배를 다시 피우기 시작했다.

물론 자신은 더했다.

국장은 2년밖에 안 됐지만 자신은 끊은 지 5년이나 된 담배를 마치 새로운 애인을 사귀는 것처럼 빨아대고 있었다.

이게 다 복면가왕 때문이다.

국장이나 자신이 이른 나이에 비명횡사하면 전부 스트레스로 인한 거니까 산재보험을 받아야 한다는 생각이 불쑥 들었다.

한정우를 끌어내자고 제안한 건 석의단이었다.

복면가왕은 시즌 2가 벌써 2년을 채우고 있었다.

신선한 콘셉트로 괜찮은 시청률을 보였던 프로그램은 몬테크리스토 백작이 출연하기 전까지 계속 내리막길을 걸었기 때문에 폐지가 눈앞에 있던 상황이었다.

그 역시도 더 이상 안 된다는 생각을 가졌다.

복면가왕의 신선도는 시즌 1, 2를 지속하면서 생명력이 다했다는 판단을 내리고 있었다.

담당 PD가 그런 생각을 가졌으니 냉정한 머리를 지닌 윗선들의 판단은 오죽했겠는가.

복면가왕의 폐지는 시간문제에 불과한 것이었다.

그를 미치고 펄쩍 뛰게 만든 사건.

바로 몬테크리스토 백작으로 분장한 강도영의 말도 안 되는 출연은 그의 PD 인생에서 가장 충격적인 사건이었다.

계속 내리막길을 걷던 복면가왕이 그로 인해 가파르게 상승하며 모든 언론의 조명을 받기 시작했다.

대한민국 최고의 스타를 출연시켜 시청률을 띄워보자는 단순한 생각은 믿을 수 없는 강도영의 가창력으로 인해 복면가왕을 가장 핫한 프로그램으로 만들고 말았다.

자신의 실력으로 인한 것이 아니라 강도영이라는 괴물로 인한 결과였다.

20주라는 긴 시간을 끌어오면서 더없는 사랑을 받았으나 이제 끝을 봐야 할 때였다.

그리고 그 끝은 시즌 1과 시즌 2의 영원한 가왕들이 대미를 장식하는 게 맞았다.

"지금 예고편이 하루에 몇 번이나 나가지?"

"5번씩 때리고 있습니다. 마지막이라서 그런지 편성 팀에서도 적극 협조해 주더군요."

"시청자들 반응은 어때?"

"난리도 아닙니다. 복면가왕 종영에 대해서 아쉬워하는 사람들도 있지만 뮤직킹과 몬테크리스토 백작의 대결에 모든 관심이 몰려 있습니다."

"그렇구만. 세상 인심이 야박해."

"어쩔 수 없죠."

"그래, 너는 어쩔 셈이냐?"

"지금 기획하고 있는 프로그램이 있습니다. 국장님께서 이거 끝나면 한번 봐주세요."

"그러지."

물어서 대답했는데 국장의 목소리는 다른 생각을 하고 있는지 붕 떠 있었다.

복면가왕 폐지는 석의단에게는 자식을 잃는 것같이 슬픈 일이었으나 그에게는 일상적인 업무의 하나에 불과했으니 탓할 일도 아니었다.

문이 벌컥 열리며 조연출이 뛰어 들어온 것은 석의단이 조용히 서서 마지막 녹화 준비를 하고 있는 스태프들을 멀건이 바라보고 있을 때였다.

"피디님, 한정우까지 모두 왔습니다. 이제 시작해도 될 것 같습니다."

"오케이. 그럼 가자!"

*   *   *

한정우는 예전에 썼던 뮤직킹 복면을 쓴 채 녹화장으로 들어왔다.

방송사 측에서는 이번 3라운드 승자와 한정우를 대결시킨 다음 마지막 명예의 전당이란 영광스러운 자리를 두고 몬테크리스토 백작과 최후의 일전을 치르게 할 계획이었다.

시즌 1에서 9연승이란 기록을 세운 후 한동안 인생 최고의 시간을 보냈다.

콘서트는 연일 만원사례를 기록했고 그를 찾는 방송사들의 콜이 줄을 이었다.

정말 행복한 시간이었다.

언더그라운드에 살아오는 동안 얼굴조차 모르던 사람들이 거리를 지날 때마다 사인을 요청해 왔고 수입도 많아지면서 삶이 윤택해졌다.

하지만 그런 시간은 얼마 가지 않았다.

가창력이란 무기로 수많은 가수를 추풍낙엽처럼 쓰러뜨렸으나 인기라는 것은 너무나 차갑고 냉정해서 그를 한순간에 과거로 되돌려 보냈다.

입맛이 썼으나 어쩔 수 없는 일이었다.

사람들은 가창력보다 비주얼을 원했고 젊음을 좋아했으며 화려한 춤 솜씨를 훨씬 더 선호했다.

윤택했던 삶은 다시 퍽퍽하게 변해갔고 방송에 출연하는 것도 점점 뜸해져 최근 1년 동안 방송에 나간 적이 없었다.

화려했던 삶을 겪어본 자의 좌절은 이토록 크다.

예전에는 몰랐던 달콤한 경험이 더욱 그를 힘들게 만들고 있었다.

방송사에서 출연 요청이 왔을 때 조금의 망설임도 보이지 않았던 것은 과거의 영광을 다시 되찾고 싶다는 열망이 그만큼 강했기 때문이다.

대기실에 앉아 화면을 보자 옛날 그때의 생각이 자꾸 떠올랐다.

화려한 가왕의 권좌에 앉아 가수들의 노래를 내려다보았던 그때의 추억은 과거에도, 지금도, 그의 남아 있는 삶 속에서 영원히 기억될 것이다.

＊　　　　＊　　　　＊

김성준은 오늘로서 복면가왕이 끝난다는 통보를 들은 후 착잡함을 감출 수 없었다.

많은 프로그램을 진행했지만 복면가왕처럼 즐거운 프로그램은 없었다.

복면을 쓴 채 오로지 노래만으로 자신의 존재를 알리고자 노력했던 수많은 사람의 얼굴이 겹쳐지면서 떠올랐다.

그들은 울고 웃었으며 수많은 사연을 들려주었다.

행복했다.

경이로운 실력으로 연승 행진을 해나갔던 괴물 보컬들이 출연할 때마다 넋을 잃고 지켜보았던 그 시간들은 더없이 소중한 것들이었다.

마지막이 되면서 강도영이 출연한 후 복면가왕은 역대 최고의 시청률을 기록하고 있었다.

분명 오늘.

마지막 불꽃을 태우는 것처럼 복면가왕은 최고의 시청률을 기록하며 장렬히 산화하게 될 것이다.

오늘 녹화 분은 특집으로 마련되어 예선부터 가왕 방어전까지 한 번에 방송되는 것으로 계획되어 있었다.

그랬기에 더더욱 가슴이 뛰었다.

한정우와 강도영의 대결이 점점 가까워지자 심장의 박동 소리는 점점 커져갔다.

오늘 출연한 8명의 예선전은 사실 두 사람의 대결을 위한 유흥에 불과한 것이었다.

예선전에서 우승한 김진상이 뮤직킹에게 일방적으로 당한 것이 그것을 여실하게 증명하고 있었다.

관객들은 무대 뒤에서 한정우가 뮤직킹의 복면을 쓰고 나타나자 자리를 박차고 일어나 맹렬하게 환호성을 질러냈다.

노래가 시작하기 전에 이미 승부는 결정이 난 것이나 다름없었다.

관객들은 아직도 생생하게 기억하고 있었다.

뮤직킹의 그 화려했던 퍼포먼스와 심장을 찢어버릴 듯 강렬했던 그 가창력을.

결과는 139 대 60.

어느 정도 예상했지만 거의 일방적인 학살이었다.

＊　　　　＊　　　　＊

한정우는 잠시 휴식을 취한 후 무대에 오르기 위해 걸어가며 숨을 깊이 내쉬었다.

아직도 관객들은 그를 잊지 않고 있었다.

오늘 그가 준비한 노래는 단 두 곡뿐이었다.

예전과 다르게 제작진은 그에게 공정한 상태에서 가왕에 도전할 수 있도록 마지막 곡을 부를 수 있게 배려해 주었다.

예선에서 부른 노래는 전력을 다한 것이 아니었다.

자신의 주특기는 끝을 모르는 고음과 사람들의 혼을 빼앗는 강력한 샤우팅이었고, 노래와 하나가 되어 만들어내는 퍼포먼스였다.

그리고 지금 무대에 올라 부를 노래가 바로 그런 곡이었다.

'베르사유의 장미'.

과거 네미시스란 그룹이 부른 노래, 죽음 속으로 떠나는 연인을 향해 울부짖는 한 사내의 연가였다.

초반부는 슬로우로 시작하며 최대한의 슬픔이 표현되다가 폭탄이 터지듯 패스트록으로 전환되며 극강의 고음이 이어지는 숨은 명곡이었다.

극강의 고음을 소화할 수 있는 보컬이 이 노래를 불렀다면 당대 제일의 록 음악으로 불렸겠지만 아쉽게도 네미시스의 보컬은 원곡을 소화할 만한 실력을 지니지 못했기에 곡을 사장시키는 결과를 초래했다.

한정우는 자신이 무대로 등장하자 환호하는 관객들을 향해 인사를 한 후 조용히 눈을 감았다.

가수로서 최고를 평가받는 무대였다.

이 한 곡의 노래로서 나는 어떤 후회도 슬픔도, 좌절도 남기지 않을 것이란 각오를 새기자 마음이 차분하게 가라앉았다.

디잉……

거대한 종소리와 함께 스산한 바람 소리가 흘러나왔다.

그러고는 곧이어 기타의 전주가 따라붙으며 신비로운 분위기를 자아냈다.

그의 목소리가 흐르기 시작한 것은 기타의 현이 살짝 가라앉으며 길게 여운을 남길 때였다.

슬픔과 고독이 가득 담긴 그의 음성이 스쳐가는 바람처럼 공간 속을 점유하며 퍼져 나가자 관객들의 입이 순식간에 벌어졌다.

여자들은 두 손을 마주 잡았고 남자들은 입을 떡 벌린 채 그의 모습에서 눈을 떼지 못했다.

한정우는 움직이지 않았다.

그는 마치 이스터섬의 모아이 석상처럼 먼 시선을 관객들에게 던지며 그저 중얼거리듯 자신의 슬픔을 전하고 있을 뿐이었다.

하지만 그 슬픔이 거대한 파도가 되고 폭풍이 된 것은 홀 안에 울려 퍼지던 그의 노래가 흐느끼듯 점점 작아져 갔을 때였다.

드럼이 먼저 터졌고 일렉 기타와 베이스가 동시에 천둥처럼 뒤를 받쳤다.

하지만 가장 강력한 건 한정우의 입에서 터져 나온 고음이었다.

폐부를 뚫고 튀어나온 고음의 향연.

패스트록으로 전환되면서 움직이지 않던 그의 몸이 파도에 휩쓸린 수초처럼 펄럭이기 시작했다.

관중들은 미처 그의 변화에 반응하지 못하고 있다가 뒤늦게 열광 속으로 젖어들어 갔다.

복면가왕의 신화로 불리는 뮤직킹 한정우가 드디어 본색을 드러내자 관객들은 자리에서 모두 일어나 그의 이름을 연호했는데 그 속에는 존경과 사랑이 한꺼번에 들어 있었다.

*   *   *

강도영은 가왕석에 앉아 한정우의 노래를 들으며 숨을 골랐다.

숨쉬기가 어려웠다.

세상에는 노래 잘하는 사람들이 밤하늘의 별처럼 많았으나 한정우가 노래 부르는 걸 보면서 강도영은 긴 신음을 흘리고 말았다.

그가 꺾은 가수들도 뛰어난 실력을 가지고 있었지만 한정우는 그 범주를 훌쩍 뛰어넘을 만큼 엄청난 실력을 지닌 사람이었다.

한정우의 목소리에는 비와 바람, 폭풍우와 번개, 거대한 파도가 모두 들어 있었다.

그의 노래를 들으면서 이 무대가 자신의 왕좌를 뺏기 위해 준비된 것이라는 것조차 잊어버렸다.

관객들은 그의 노래가 진행될수록 영혼을 빼앗긴 사람들처럼 흔들거렸다.

무섭다.

직접 눈으로 한정우의 무대를 보게 되자 그가 얼마나 대단한 가수인가를 알 수 있었다.

무대는 폭풍우가 지나가고 서서히 고요 속으로 잠겨들었다.

사람들은 지친 듯 조용히 선채로 그의 마지막 고요를 온몸으로 받아들이며 감동에 젖어 있다가 한정우가 노래를 마치고 인사를 하자 우레와 같은 함성과 박수를 보내주었다.

강도영도 일어나 그에게 박수를 보냈다.

이런 무대를 만들어준 그가 너무나 고맙다는 생각이 들었다.

처음에는 반드시 이기고 싶다는 경쟁심을 가졌으나 그의 무대를 보게 되자 그런 생각이 얼마나 부질없는 것인지 깨달았다.

이기고 지는 것은 이제 의미가 없는 일이다.

저 사람이 만들어낸 무대에서 진정한 아티스트의 모습을 확인했으니 자신 역시 최선을 다해 노래를 부르는 것만이 그에 대한 보답일 것이다.

천천히 자리에서 일어나 무대로 향했다.

그가 무대에 오르는 순간 관객들이 모두 일어나 환호를 보냈지만 조용히 걸어가 정중하게 인사를 한 후 눈을 감았다.

마지막 무대.

이 무대에서 노래를 마치면 자신은 한동안 무대에 서지 못할 것이다.

여러분, 고맙습니다.

당신들의 기대에 어긋나지 않게 저 역시 방금 노래를 마친 뮤직킹처럼 최선을 다하겠습니다.

*   *   *

끝이 보이지 않는 폐부를 찢어버릴 듯한 고음.

전주조차 없는 상태에서 강도영은 노래의 첫 소절을 강렬하게 터뜨렸다.

그의 노래가 시작되기를 기다리던 사람들은 무반주 상태에서 터뜨린 강도영의 고음을 들으며 온몸에 돋아나는 소름을 느꼈다.

환호를 지르려 했다.

9연승을 지속하면서 그들에게 기쁨을 준 몬테크리스토 백작의 마지막 무대를 향해 진정으로 뜨거운 박수를 보내려 했다.

하지만 그들은 박수를 보내지 못했다.

몬테크리스토 백작이 너무나 기습적으로 노래의 포문을 열었기 때문이다.

아름다운 피아노가 공간을 적시며 흐르기 시작했을 때 관객들은 뒤늦게 노래의 정체를 확인하고 소리를 질렀다.

이영현의 '연'이란 노래였다.

헤어진 연인을 애타게 그리워하며 괴로워하는 사람들의 감정이 고스란히 녹아 있었고 음률이 주는 서정성과 종반에서 격정적으로 터지는 고음이 심금을 울릴 정도로 대단한 곡이었다.

노래에는 삶이 있고 감정이 있다고 믿는다.

노래에 동화되기 위해서는 연인과 헤어진 것이 나았고 그녀에 대한 그리움과 외로움, 그리고 절절한 슬픔을 느껴야 한다.

그런 마음으로 강도영의 노래는 철저하게 절제된 슬픔으로부터 시작되었다.

절제했음에도 듣는 사람의 가슴을 먹먹하게 만들었다.

그리고 서서히 고조된 감정이 그리움에 목메어 한없이 터졌을 때 강도영은 무대에서 울부짖고 있었다.

저 남자를 어쩌란 말인가.

두 손을 꼭 붙잡고 몬테크리스토 백작의 노래를 듣던 사람들의 눈이 서서히 붉어져 가기 시작했다.

강도영은 바람결에 떠도는 낙엽처럼 허무와 고독 속에서 연인을 그리워하고 있었다.

또 다른 세상, 또 다른 자의 절규.

뮤직킹 한정우와는 전혀 다른 슬픔이 공개홀을 휘저으며 사람들의 영혼을 빼앗아갔다.

그리고 그는 한순간 모든 것을 정지시켜 버렸다.

노래의 마지막에 흘려낸 번개처럼 터져 버린 강도영의 샤우팅이 사람들을 경이로움 속으로 몰아넣고 말았다.

한정우의 고음도 무시무시했지만 강도영의 샤우팅은 그 끝이 어딘지 알 수 없을 정도로 올라갔기 때문이다.

마지막 샤우팅을 끝으로 노래가 모두 끝났으나 사람들은

그 경이로움에 빠져 한동안 박수조차 치지 못했다.

복면가왕, 아니, 어떤 콘서트에서도 이런 노래는 들어본 적이 없었다.

뮤직킹과 몬테크리스토 백작.

두 가수가 오늘 만든 무대는 앞으로 영원히 나오지 못할 전설이 될 게 분명했다.

                    *   *   *

노래가 끝났으나 패널들은 물론이고 관객들까지 자리에 앉지 못했다.

공개홀을 휩쓸어 버린 감동의 여운이 아직 가라앉지 않았기 때문이다.

김성준 역시 자신의 본분을 잊고 두 사람의 노래를 감상하느라 진행하는 것조차 잊어버렸을 정도였다.

하지만 김성준은 베테랑답게 곧 정신을 차리고 무대를 향해 걸어 나갔다.

"정말 어마어마한 무대였습니다. 오늘로서 복면가왕이 대단원의 막을 내린다는 걸 모두 아실 겁니다. 서운하고 안타까움을 숨길 수 없으나 두 분의 노래가 여러분의 서운함을 달래주었을 거라 믿습니다. 자, 그럼 지금부터 투표를 시작하겠습니다. 복면가왕의 대단원에서 명예의 전당에 오를 마지막 가왕을 뽑는 중요한 순간입니다. 여러분 오늘은 시간을 조금 더 드리겠습니다. 용호상박, 제가 보기에도 우열을 가릴 수 없는데 여러분은 오죽하겠습니까. 심사숙고하시고 투표해 주시기 바랍니다… 시간이 얼마 없습니다. 아직 투표하지 않으신 분들이 많은데 빨리 투표해 주십시오. 지금부터 다섯을 세겠습니다. 5, 4… 2, 1. 그만! 투표가 끝났습니다."

그가 숫자를 세는 동안 공개홀은 커다란 소용돌이에 빠져 있었다.

어떤 사람은 눈을 꼭 감은 채 버튼을 눌렀고 어떤 사람은 시간을 더 달라며 소리치는 사람도 있었다.

패널들도 마찬가지였다.

김구영은 물론이고 민정호와 심지어 윤덕진까지 복면가왕의 고정 패널들조차 쉽게 결정하지 못하고 있다가 김성준의 강요에 의해 마지막 순간 버튼을 눌렀다.

모든 투표가 끝나자 여기저기서 김성준을 원망하는 목소리가 새어 나왔다.

하지만 김성준은 그들을 무시한 채 자신의 할 일을 해나갔다.

패널들의 감상평은 극찬 일색이었다.

노래가 달랐고 템포가 달랐으며 가수가 달랐으나 뮤직킹과 몬테크리스토 백작이 준 감동은 누가 더 잘했다고 평가하기가 어려웠다.

마지막 방송답게 관객들의 반응을 보기 위해 마이크가 방청석으로 돌아갔으나 그들의 반응도 패널들과 대동소이했다.

이윽고 모든 순서가 끝나고 결과 발표의 순간이 다가오자 공개홀이 무서운 정적 속으로 빠져들었다.

누가 이겨도 이견이 없을 만큼 대단한 무대였기에 관객들은 김성준의 입에서 결과가 발표되기를 기다리며 몸을 오들오들 떨어댔다.

이윽고 김성준의 손에 결과가 쥐어지자 관객들의 긴장은 극에 달했다.

"여러분 결과가 나왔습니다. 믿어지지 않는 결과입니다. 복면가왕 역사상 이런 결과는 처음입니다."

"왜요, 무슨 일인데요?"

김구영이 반응을 보였으나 김성준은 웃지 않았다.

다른 때였다면 관객들의 궁금증을 증폭시키기 위해 얄미운 웃음을 지었겠지만 이 순간만큼은 그럴 수가 없었기 때문이다.

"안타깝게도 무려 65명이 기권을 했습니다. 따라서 남은 유효표는 134표입니다."

"아이구!"

김성준의 대답에 김구영조차 곡소리를 냈다.

정말이다.

복면가왕 역사상 이렇게 많은 사람이 투표를 안 한 적은 한 번도 없었다.

더군다나 제작진에서 관객들이 입장할 때 무조건 투표를 해야 한다고 권유했기 때문에 지금까지 기권을 한 사람은 하나도 없었다.

그런 마당이었으니 김성준이 당황하는 것은 당연한 일이었다.

"결과 역시 복면가왕 역사상 전례가 없는 일이 발생했습니다."

"그건 또 무슨 소립니까. 혹시 1표 차입니까?"

"아닙니다. 그건 결과를 보시면 아시게 될 겁니다. 그럼 결과를 발표하겠습니다. 복면가왕 명예의 전당에 오를 사람은 과연 누굴까요? 그 사람은 바로… 뮤직킹, 그리고 몬테크리스토 백작입니다. 놀랍게도 두 사람이 얻은 표는 67 대 67이었습니다."

"와아… 와아!"

김성준의 발표에 모두 자리에서 일어나 결과를 기다리던 사람들이 펄쩍거리며 뛰어올랐다.

자신이 지지하는 사람이 이기기를 바랐으나 다른 한 사람이 떨어지는 것도 바라지 않았기에 관객들은 최상의 결과가 나오자 환한 웃음을 지으며 한껏 기쁨을 숨기지 않았다.

김성준이 환호 속에 사로잡혀 있는 관객들을 진정시킨 건 다음 순서를 진행하기 위해서였다.

　"자, 그럼 여러분도 익히 아시는 뮤직킹 님의 소감을 들어보 겠습니다. 뮤직킹 님은 어차피 정체를 아니까 여기서 가면을 벗으시고 시청자분들께 인사를 드리시죠."

　"알겠습니다."

　한정우가 뮤직킹 가면을 제자리에 서서 벗자 관객들의 환호 성이 다시 터져 나왔다.

　그를 반기는 사람들의 목소리가 물결처럼 퍼졌다.

　한정우는 자신이 가왕에서 내려온 후 사람들에게 잊혔다고 생각했으나 사람들은 여전히 그를 가슴에 품고 있었던 모양 이다.

　"여러분, 오랜만에 뵙게 되서 너무나 반갑습니다. 몬테크리 스토 백작 님이 상상하지 못할 정도로 엄청난 무대를 만들었 기 때문에 이런 영광을 얻게 되리라고는 생각지 못했는데 여 러분의 성원 덕에 명예의 전당이라는 영광된 자리에 오르게 되었습니다. 정말 고맙습니다."

　"오랜만에 방송 출연을 하신 거죠?"

　"예, 그렇습니다. 가왕에서 내려온 후 꾸준히 음악 활동은 했지만 방송 출연은 오랜만입니다."

　"여전히 대단한 무대를 만들어주셨습니다. 뮤직킹 님이 무대에 나오자 관객 여러분들이 보내준 성원이 대단했는데 어떠셨나요?"

"눈물이 나올 정도로 고마웠습니다. 저를 잊지 않고 기다려주신 여러분께 다시 한 번 감사 인사 드립니다."

"알겠습니다. 자, 그럼 이제 몬테크리스토 백작 님께 묻겠습니다. 백작 님?"

"예?"

"아니, 이 양반이 정신을 어디다 두고 있는 겁니까. 지금 방송 중인데 넋을 놓고 있으면 어떡해요?"

"죄송합니다. 뮤직킹 님이 들려주신 노래를 생각하느라……."

"그게 무슨 소리죠?"

"뮤직킹 님이 오늘 보여주신 무대는 제 평생 가장 충격적인 것이었습니다. 제가 뮤직킹 님과 함께 명예의 전당에 오른 것이 믿겨지지 않을 정도였습니다. 아마 관객분들께서 현재 가왕이라는 프리미엄을 주지 않았다면 당연히 뮤직킹 님께서 이긴 무대였을 겁니다."

"겸손이 보기 좋군요. 하지만 백작 님의 무대 역시 충분히 관객분들을 감동시킬 만큼 대단했다는 것을 말씀드리고 싶습니다. 여러분 그렇지 않았나요?"

"맞아요!"

김성준이 묻자 공개홀을 가득 채운 관객들이 합창하듯 대답했다.

그들은 몬테크리스토 백작의 겸손을 절대 받아들이지 않겠다는 의지를 합창으로 대신했다.

"자, 그럼 지금부터 몬테크리스토 백작 님의 정체를 밝혀보겠습니다. 그동안 몬테크리스토 백작 님이 9연승을 달리면서 이분의 정체 때문에 온 나라가 시끌벅적했습니다. 과연 몬테크리스토 백작 가면 속에 있는 이분은 누굴까요?"

"어휴, 빨리 좀 벗겨줘요. 속 답답하게 만들지 말고!"

"다시 한 번 말씀드립니다. 이분은… 여러분이 전혀 상상하지 못했던 분입니다. 그리고 이분은 대한민국 사람이라면 누구나 아는 분이라는 걸 미리 말씀드립니다."

"그만하고 빨리 복면 좀 벗겨줘. 이 사람이 마지막까지 사람 속을 긁네. 자꾸 이러면 속 터져 죽는다고!"

"하하하… 알겠습니다. 그럼 몬테크리스토 백작 님은 무대 뒤편에서 복면을 벗어주시기 바랍니다."

김성준의 말이 떨어지자 그동안 가만히 있던 강도영이 몸을 돌려 천천히 무대 뒤편으로 걸어갔다.

뒤쪽에 앉아 있던 관객들은 강도영이 다가오자 눈을 부릅뜨고 그가 복면 벗기를 기다리고 있었는데 얼마나 긴장했는지 연신 마른침을 삼키고 있었다.

그것은 앞쪽에 있는 패널들과 관객들도 마찬가지였다.

대한민국을 화제 속으로 몰아넣은 주인공.

 말도 안 되는 가창력으로 파죽의 9연승을 달렸고 각종 음원 차트를 석권하면서 인터넷을 뜨겁게 달구었던 그 주인공이 드디어 복면을 벗는 것이다.

 강도영이 팔을 올려 자신의 얼굴을 가리고 있던 복면을 벗었다.

 그러자 뒤쪽에 있던 관객들이 숨을 죽이고 그 모습을 지켜보다가 귀신을 본 것처럼 뒤로 넘어졌다.

 "꺄아악!"

 "악!"

 "엄마!"

 그야말로 폭탄이 떨어진 것처럼 관객석이 난장판으로 변했다.

 충격에 젖어 벌떡 일어난 사람이 있었고 비명을 지르며 몸을 벌벌 떨어대는 사람, 두 눈을 부릅뜬 채 꼼짝도 못 하는 사람들로 인해 뒤쪽의 방청객석은 단 한순간 만에 초토화가 되어버렸다.

                    *   *   *

 이수연은 옆자리에 앉아 있는 걸 그룹 출신 유미진의 손을 꼭 잡고 몬테크리스토 백작이 복면 벗는 모습을 지켜봤다.

긴장으로 인해 손이 축축하게 젖어왔다.

5개월이란 긴 시간 동안 대한민국을 들었다 놓았던 몬테크리스토 백작이 드디어 베일을 벗는다고 생각하자 온몸이 떨려왔다.

뮤직킹이 9연승을 달린 후 복면을 벗을 때는 이런 긴장감이 없었다.

그가 가왕에 오르자마자 인터넷에서는 그의 정체가 적나라하게 드러났기 때문에 그의 노래를 사랑했을지언정 정체가 궁금해서 애가 탄 적은 없었다.

그러나 몬테크리스토 백작은 달랐다.

지금까지 그의 정체에 대해 수많은 억측과 소문이 난무했지만 정확히 그의 정체가 드러난 적은 한 번도 없었다.

모든 국민이 궁금해하던 그의 정체.

이수연은 개인적으로 누구 못지않게 그의 정체가 궁금했다.

남자로서 너무나 매력적인 몸매를 가졌고 하는 행동마저 늘 진중해서 저절로 호감이 갔다.

더군다나 그가 부른 노래를 들으면서 감동에 젖어 3번이나 펑펑 울었다.

김성준에게 마음에 든다며 호감을 표시한 것도 그저 방송용 멘트가 아니라 진심에서 우러나온 말이었다.

몬테크리스토 백작이 가면을 벗는 동안 패널들은 모두 자리에서 일어나 있었다.

그것은 관객석도 마찬가지였는데 그만큼 긴장했다는 뜻이었다.

뒤쪽을 바라보며 드디어 몬테크리스토 백작이 가면을 벗는 순간 뒤쪽에 있던 관객들이 비명을 지르며 기절할 것처럼 넘어지는 것이 보였다.

"뭐지, 왜 그래. 전부 알아보잖아. 누구야… 도대체 누구야!"

관객들의 반응을 본 이수연이 침을 꿀꺽 삼키며 눈을 동그랗게 떴다.

그런 후 가면을 벗은 강도영이 앞에 있던 관객들을 향해 밝게 웃으며 걸어 나오자 자신도 모르게 스르륵 의자에 주저 앉고 말았다.

다리가 저절로 힘이 풀렸기 때문이다.

세상에… 말도 안 돼!

*   *   *

강도영이 복면을 벗고 무대의 중앙으로 걸어오자 관객석에서 쓰러지는 사람들이 여럿 보였다.

충격!

그렇다. 사람들은 복면 속에 숨어 있던 인물이 바로 강도영이라는 사실로 인해 거대한 충격에 사로잡혀 버렸다.

강도영이 천천히 걸어와 무대의 중앙에 서자 한정우가 기가 막힌다는 얼굴로 그를 맞아들였다.

그 역시 몬테크리스토 백작이 강도영이었다는 사실을 알고 난 후 충격을 숨기지 못하고 있었다.

영화배우가, 그것도 대한민국을 흔들어놓을 정도로 대단한 슈퍼스타가 자신과 나란히 무대에 섰다는 것이 믿겨지지 않는 모양이다.

그러나 가장 충격을 받은 사람들은 패널들이었다.

일반 관객들과 다르게 그들은 복면가왕 프로그램에 매번 참석했기 때문에 몬테크리스토 백작의 정체에 대해서 누구보다 궁금해했던 사람들이었다.

다리에 힘이 풀려 주저앉았던 이수현과 유미진은 물론이고 김구영과 민정호 등은 눈을 부릅뜬 채 멍하니 서서 그저 강도영만 바라볼 뿐이었다.

시즌 1, 2를 합쳐 이렇게 충격적인 정체는 처음이었으니 그들은 귀신을 본 것처럼 놀란 눈으로 강도영을 바라볼 수밖에 없었다.

＊　　　　＊　　　　＊

"여러분, 몬테크리스토 백작의 정체는 바로 영화배우 강도영 씨였습니다!"

김성준이 강도영을 바라보면서 커다란 목소리로 소개를 했다.

강도영이 출연하고 난 5개월 동안 그의 정체를 혼자만 알고 있으면서 겪어야 했던 답답함 때문에 많은 힘든 일이 있었다.

10번의 녹화는 무려 20주에 걸쳐서 방송되었으니 5개월 동안 몬테크리스토 백작의 정체를 물어 오는 지인들을 피해 다니느라 제대로 사회 활동을 하지 못할 정도였다.

임금님 귀는 당나귀 귀라는 말을 하지 못했던 이발사의 답답한 심정을 그 기간 동안 뼈저리게 느낄 수 있었다.

10년 묵었던 체증이 한꺼번에 내려가는 느낌. 과연 옆에 서서 밝게 웃고 있는 강도영은 자신의 이런 고통을 알고 있기는 할까?

강도영이 복면을 벗고 방청석을 향해 인사를 하자 모두 일어서 있던 관객들이 정신을 차리고 박수갈채를 보내왔다.

그럼에도 그들은 여전히 자리에 앉을 생각을 하지 못했다.

"여러분도 아시겠지만 강도영 씨는 대한민국 최고의 슈퍼스타입니다. 단 두 편의 영화로 3,500만 명의 관객을 동원했고 드라마 신비한 남자로 대한민국을 대표하는 한류 스타로 자리매김하고 있는 분이죠. 아마, 그 누구도 몬테크리스토 백작이 강도영 씨라는 걸 알지 못했을 겁니다. 여러분 그렇지 않나요?"

"그걸 말이라고 하세요. 당연히 몰랐죠!"

김구영이 신경질을 부리듯 대답하자 여기저기서 아우성이 터져 나왔다.

특히 여자 패널들은 강도영이 등장하면서 정신이 혼미해졌는지 두서없이 떠들고 있었는데 거의 패닉 상태로 보였다.

"아니, 왜 저한테 신경질을 부리세요?"

"그렇게 살짝 알려달라고 사정했는데 기어코 알려주지 않더니 이렇게 사람을 멘붕에 빠뜨리는 게 어디 있어요. 이거 너무하는 거 아닙니까?"

"맞아요!"

"어이구, 저한테 너무 뭐라고 그러지 마세요. 저도 엄청 힘들었다고요. 세상에 강도영 씨가 복면가왕에 출연할 줄 누가 알았습니까. 더군다나 우리 복면가왕 PD께서 정체가 알려지면 전부 제가 발설한 걸로 알겠다면서 협박을 했다니까요."

김성준의 익살에 패널들이 어이없다는 듯 웃음을 터뜨렸다.

그는 패널들과 관객들의 흥분을 가라앉히기 위해선지 거침없는 입담으로 분위기를 전환시키고 있었다.

그가 얼굴을 돌려 강도영에게 질문을 시작한 것은 여전히 중구난방으로 패널들이 떠들고 있을 때였다.

"강도영 씨, 도대체 어떻게 된 겁니까. 지금까지 방송은 물론이고 어디에서도 강도영 씨가 노래 부르는 걸 본 사람이 없었습니다. 그렇기 때문에 아무도 강도영 씨의 정체를 알아채지 못했을 텐데요. 원래부터 이렇게 노래를 잘했습니까?"

"사실 저는 어렸을 때부터 주변 분들께 노래를 잘한다는 소리 많이 들었어요. 하지만 오래전 목에 종양이 생기면서 노래를 중단할 수밖에 없었습니다."

"종양이라면 엄청 심각한 거 아닌가요?"

"병원에서는 목을 쓰면 위험하다는 소견을 주더군요. 그래서 오랫동안 치료를 해야 했습니다."

"그럼 그 목은 좋아진 겁니까?"

"예, 다행스럽게 2년 전부터 호전되어 지금은 완치된 상탭니다."

"지난 5개월 동안 대한민국이 몬테크리스토 백작의 정체 때문에 난리가 났었는데요. 혹시 다른 사람들한테 알린 적이 있었나요?"

"없었습니다. 프로그램에 누가 된다고 생각했기 때문에 심지어 부모님께도 말씀드리지 않았습니다."

"그렇군요. 강도영 씨의 노래가 각종 음원 차트를 휩쓸면서 지금 엄청난 기록을 양산하고 있는 중입니다. 혹시 이런 결과가 나올 거라고 생각하셨습니까?"

"전혀 예상 밖의 일이었습니다."

"생각지도 못했던 음원 히트로 꽤 많은 돈을 벌었는데 혹시 저한테 밥 한 끼 살 의향은 있습니까?"

"아니, 이 양반이 무슨 소릴 하고 있는 거야. 왜 강도영 씨가 사회자한테만 밥을 사. 살라면 우리 전부한테 사야지. 사람이 말이야, 동지 의식이 없어. 안 그래요?"

"당연하죠. 사회자님 그러면 안 된다구요!"

김구영이 강도영에게 농담을 던진 김성준을 향해 소리를 지르자 패널들 여기저기서 불만 섞인 소란이 터져 나왔다.

특히, 이수연은 간절한 눈빛으로 강도영을 바라보고 있었는데 잔뜩 기대에 찬 시선이었다.

강도영이 빙그레 웃으면서 대답한 건 김성준이 코너에 몰려서 두 손을 마구 흔들고 있을 때였다.

"음원으로 벌어들인 돈은 전액 소년 소녀 가장들의 후원금으로 기부하고 있습니다. 앞으로 음원으로 들어오는 돈은 불우한 분들을 돕기 위해 쓸 생각이니까 이해해 주시기 바랍니다."

"하하하… 그렇군요. 강도영 씨가 여러 번 큰 금액을 기부하고 있다는 뉴스를 들었는데 깜빡했습니다. 그럼 강도영 씨, 끝으로 시청자 여러분께 그동안 복면가왕에 출연하면서 느꼈던 소감 한마디 해주시죠."

김성준이 마이크를 건네자 강도영이 자연스럽게 그 마이크를 손으로 잡았다.

그런 후 아직도 충격 속에 사로잡혀 있는 관객석을 향해 조용히 시선을 던졌다.

그의 시선에 웅성거림이 차츰 줄어들기 시작했다.

강도영의 얼굴에는 어느새 웃음기가 지워져 있었는데 목소리도 차분하게 가라앉아 있었다.

"제가 복면가왕에 나온 이유는 부모님이 제가 노래하는 걸 너무나 보고 싶어 했기 때문입니다. 저희 부모님은 목에 병이 생겨 노래를 잃어버린 저를 보실 때마다 말씀은 하지 않았지만 언제나 가슴 아파 하셨습니다. 처음에는 저의 욕심 때문에 시작했고 바쁘다는 핑계로 금방 복면을 벗으려 했으나 시간이 지나면서 제 노래를 사랑해 주시는 여러분으로 인해 최선을 다해야 된다는 생각을 가지게 되었습니다. 다행스럽게 영광스러운 모습으로 이 자리에 서게 되어 한없이 기쁘다는 걸 말씀드리고 싶습니다. 제 어렸을 적 꿈은 가수였습니다. 오래전 노래를 간절히 하고 싶을 때도 있었으나 사정상 그 꿈을 접어야 했습니다. 이렇게… 무대에 서서 노래를 부를 수 있어 너무나 행복했습니다. 감사합니다."

강도영의 눈에서 눈물이 주르륵 흘렀다.

그 옛날 오디션 무대에서 가졌던 절망감이 아련하게 떠올랐기 때문이다.

절망감으로 죽을 생각까지 했을 만큼 그때 삶의 무게는 더

없이 무거웠고 힘든 것이었다.

그가 눈물을 흘리자 관객석 여기저기서 울지 말라는 소리가 터져 나왔다.

대부분 여자들의 것이었는데 강도영의 감정에 동화되었는지 그 외침에는 안타까운 울음이 담겨 있었다.

*　　　　*　　　　*

강도영은 신은서를 데리고 집으로 향했다.

두 사람은 바쁜 스케줄 속에서도 꼭 일주일에 두 번은 만나 사랑을 키워왔다.

신은서는 요즘 갈수록 더 미모가 빛을 발하면서 대중들에게 많은 사랑을 받고 있었는데 주변 지인들에게 나이를 거꾸로 먹는다는 소리를 듣는 중이었다.

사랑에 빠진 여자는 외모가 달라진다고 하더니 맞는 말인 모양이었다.

"도영 씨, 집에 왜 가는 거야?"

"저녁 먹으려고. 요즘 아버지가 자꾸 은서 씨 보고 싶다고 하셔."

"그래?"

강도영의 말에 신은서가 반색을 하면서 얼굴이 발갛게 달아올랐다.

강성두가 보고 싶어 한다는 말은 그녀를 인정한다는 뜻이었기 때문이다.

하지만 곧 걱정으로 얼굴이 어두워졌다.

촬영장에서 곧장 오느라 강도영이 갑자기 집에 가자는 바람에 빈손으로 올 수밖에 없었다.

"그럼 아버님 좋아하는 거 뭐라도 사 가야 되잖아?"

"내가 미리 준비했어. 이거, 은서 씨가 산 것처럼 드리면 좋아할 거야."

"이게 뭔데?"

"화장품 세트."

"아휴, 예뻐라. 도영 씨는 언제 봐도 센스 만점이라니까. 일루 와봐, 뽀뽀해 줄게."

신은서가 화장품을 받아 들며 잽싸게 강도영의 볼에다 입술을 가져다 댔다.

그런 신은서의 행동에 강도영이 빙그레 웃었다.

운전을 하고 있었기 때문에 볼에 했지 그렇지 않았다면 진하게 키스를 했을 만큼 신은서는 강도영의 배려에 고마움을 느끼고 있었다.

강도영이 1년 전 구입한 차는 천하자동차에서 생산한 중대형차였다.

다른 톱스타들은 거의 외제차를 몰았으나 강도영은 굳이 비싼 외제차를 사려고 하지 않았다.

신은서가 강도영의 본가에 거의 도착했을 때 불쑥 입을 연 것은 갑자기 뭔가 생각났기 때문이다.

"아, 참. 오늘 복면가왕 하는 날인데. 정말 기대했던 몬테크리스토 백작 정체가 드러나는 날이야!"

"은서 씨가 언제부터 복면가왕 팬이 됐어?"

"나 몬테크리스토 백작 엄청 좋아해. 그 사람 노래 정말 대단하거든. 휴대폰에 그 사람 노래 전부 저장해서 매일 들어. 아이, 오늘 꼭 봐야 되는데 어쩌지?"

"걱정 마. 우리 집은 언제나 복면가왕 끝나야 밥을 먹으니까 같이 볼 수 있을 거야."

집에 도착하자 강도영은 트렁크에서 마켓 봉지를 꺼내 양쪽에 들었다.

오늘은 신은서를 데려가기 때문에 미리 연락하면서 저녁에 먹을 고기를 사 가겠다고 했던 것이다.

강도영이 문에 달린 도어록의 비밀번호를 누르고 집으로 들어가자 정영숙과 강우성이 소리를 듣고 마중을 나왔다.

그들은 오랜만에 보는 신은서가 반가웠는지 얼굴 가득 환한 미소를 짓고 있었다.

"어서 와."

"안녕하세요, 어머님. 우성 씨도 잘 지냈죠?"

"그럼요."

"우성 씨는 점점 멋있어지는 것 같아요."

"하하하… 그 거짓말 믿어줄게요."

현관부터 웃음꽃이 피었다.

신은서가 집에 온 건 세 번에 불과했지만 강도영이 아팠을 때 병원에서 살다시피 했기 때문에 가족들과는 허물이 벗겨진 지 오래였다.

그들이 웃으면서 거실로 들어서자 체면 때문에 일어나지 않았던 강성두가 그때서야 신은서를 반겨주었다.

"어서 와라. 바빠서 그런가 얼굴이 핼쑥해졌네. 몸 생각도 하면서 일해."

"예, 아버님."

마치 새색시처럼 대답하는 신은서의 모습이 더없이 조심스러웠다.

정영숙에게는 허물없이 대했지만 강성두에게만큼은 아직도 어려운 모양이었다.

가족들이 둘러앉아 이야기꽃을 나누었다.

주로 손님인 신은서에 관한 이야긴데 그녀가 출연하고 있는 드라마와 광고 쪽에 관한 것들이 대부분이었다.

텔레비전에서는 복면가왕이 막 시작을 알리고 있었으나 다른 때와 다르게 그들의 이야기는 멈출 줄을 몰랐다.

그러나 시간이 흐르고 예선전이 모두 끝난 후 뮤직킹이 출연하면서부터 그들의 이야기는 천천히 멈춰지기 시작했다.

뮤직킹의 압도적이 무대.

가족들은 그 옛날 9연승이란 신화를 쏘아 올렸던 뮤직킹의 무대를 보면서 감탄을 숨기지 않았다.

"큰일 났네. 이러다가 몬테크리스토 백작이 지는 거 아니니?"

"어머님도 그 사람 팬이세요?"

"당연하지. 걔가 얼마나 멋있다구. 나는 걔가 우리 도영이 다음으로 멋있더라."

"호호… 저도요."

정영숙의 말에 신은서가 맞장구를 치면서 웃었다.

두 사람은 강도영이 옆에서 아무 말 없이 화면에 고정시키고 있었으나 그는 신경조차 쓰지 않고 몬테크리스토 백작에 대해서 이야기를 나누었다.

드디어 몬테크리스토 백작이 마지막 무대를 장식하기 위해 나오자 그녀들의 대화가 순식간에 그쳤다.

뮤직킹의 압도적인 무대에 반격이라도 하듯 몬테크리스토 백작은 처음부터 엄청난 고음을 뿜어냈다.

절절함 감정, 그리고 올올이 배어 나오는 슬픔.

가족들은 몬테크리스토 백작이 부르는 노래를 들으며 화면에서 시선을 떼지 않은 채 꼼짝하지 않았다.

그야말로 엄청난 무대였다.

화면에 가끔씩 비춰지는 관객들의 표정은 마치 넋을 잃은 사람들처럼 보였다.

기어코 몬테크리스토 백작의 노래가 끝나자 정영숙이 박수를 치면서 환호성을 보냈다.

그녀는 자신이 현장에 있는 것처럼 관객들과 함께 아낌없이 박수를 쳤는데 신은서만 아니었다면 소리까지 질렀을 것이다.

패널들의 평가와 잠깐의 인터뷰가 끝나고 결과 발표 시간이 다가오자 가족들과 신은서가 마른침을 꿀꺽 삼켰다.

"제발… 몬테크리스토 백작이 이겨야 해!"

정영숙이 두 손을 붙잡고 간절한 음성으로 말을 했다.

그녀와 다르게 강성두와 강우성은 말을 아끼고 있었지만 지금까지의 행동으로 봤을 때 그들 역시 몬테크리스토 백작을 응원하는 게 느껴졌다.

김성준의 발표가 동점으로 나타나자 가족들은 아쉬움에 가득 찬 탄성을 동시에 질러냈다.

발표가 끝나자 뮤직킹의 인터뷰가 이어졌고 몬테크리스토 백작의 정체가 밝혀지는 순간이 다가왔다.

가족들의 엉덩이가 점점 텔레비전 쪽으로 가까이 다가갔다.

그만큼 몬테크리스토 백작의 정체가 궁금하다는 뜻이었다.

무대 뒤쪽으로 걸어가는 그의 모습을 보면서 정영숙이 양 손으로 온몸을 끌어안았다.

강성두는 헛기침으로 긴장감을 달랬고 강우성은 궁금증을 참지 못한 채 연신 몸을 꿈틀댔다.

그것은 신은서도 마찬가지였다.

그녀는 이곳이 어딘지도 잊어버렸는지 화면을 바라보며 침을 꼴깍꼴깍 삼키고 있었다.

김성준이 대한민국 국민이라면 누구나 알 정도로 유명한 사람이라는 말을 했기 때문에 궁금증은 최대치로 올라간 상태였다.

몬테크리스토 백작이 복면을 벗자 뒤쪽에 있던 관객들의 비명 소리가 흘러나와 긴장감은 극에 달했다.

"누구냐, 도대체 누구냐고!"

강우성이 더 이상 참지 못하고 소리를 질렀다.

화면에서는 반복해서 몬테크리스토 백작이 복면 벗는 모습을 보여주고 있었기 때문이다.

세 번의 반복 화면이 이어진 후 몬테크리스토 백작이 몸을 돌리는 순간 가족들과 신은서가 마치 얼어붙은 사람처럼 움직임을 멈췄다.

"말도 안 돼!"

그들의 시선에 동시에 옆에 앉아 있는 강도영에게 향했다.

화면과 강도영을 번갈아 바라보는 그들의 시선은 마치 허공
에 붕 뜬 것 같았다.

　화면에서는 관객들의 비명 소리가 난무했고 패널들이 일어
서서 떠드는 소리가 전쟁터를 방불케 하고 있었지만 그들은
어이없다는 표정으로 강도영을 바라볼 뿐이었다.

제48장
천년의 사랑 I

"저게 너냐?"

"예, 아버지."

"허어, 이것 참……."

순간 정적이 흘렀다.

강성두는 아들이 대답하자 헛바람을 들이켠 채 아무 말도 하지 않았다.

그러나 분위기는 싸하게 가라앉았다.

강성두는 아들의 정체도 모른 체 연신 고개를 주억거리며 응원하는 모습을 보인 게 너무 황당했던 모양이다.

대신 나선 것은 정영숙이었다.

그녀의 시선은 화면으로 향해 있었는데 관객들의 열광 속에 묻혀 있는 강도영을 빤히 바라보고 있었다.

"우리 아들 잘생겼네."

"미안해요, 엄마."

"미안하긴 왜 미안해. 잘만 생겼는데. 어쩐지 이상하게 우리 아들 닮았다고 생각했어. 왠지 정이 가더라니까. 그런데 왜 그랬니?"

"방송국에서 절대 말하지 말아달라고 부탁했어요. 그래서 오늘 일부러 은서 씨 데리고 온 거예요. 변명이라도 하려고."

"그래도 형, 이건 아니잖아. 세상에 이런 게 어디 있냐고!"

강도영이 머리를 긁자 그동안 가만히 있던 강우성이 나서며 도끼눈을 부릅떴다.

그는 주인공이 옆에 있는데도 불구하고 온갖 애를 태운 것이 분해죽겠다는 얼굴을 하고 있었다.

옆에 있던 신은서의 표정도 좋지 못했다.

세상에서 유일하게 사랑하는 사람이 자신을 속였다는 생각에 그녀는 입을 꾹 다물고 강도영을 노려볼 뿐이었다.

정영숙이 텔레비전 화면에서 시선을 떼고 강도영을 바라본 것은 김성준과의 인터뷰가 다 끝나고 마지막 종영에 대한 멘트가 흐르고 있을 때였다.

"아들."

"왜요, 엄마?"

"이리 와봐."

"예?"

"이리 와보라고!"

정영숙이 맞은편에 앉아 있던 강도영을 불렀다.

그러고는 아들이 주춤거리고 다가와 의문에 찬 눈으로 자신을 바라보자 손바닥을 높이 치켜 올렸다.

"대?"

"뭘요?"

"등판 대. 가족을 속인 죄를 그냥 넘기면 버릇된다. 그러니까 넌 좀 맞아야겠다."

"아이고, 사람 살려!"

"형은 맞아도 싸."

"맞아, 도영 씨는 오늘 살아 나갈 생각하지 마."

정영숙이 먼저 시작하자 신은서와 강우성이 뒤를 따르며 강도영을 구타하기 시작했다.

중앙에 갇혀 죽는 소리를 했으나 그들은 절대 이 사태를 그냥 넘기지 못하겠다는 듯 맹렬하게 강도영의 머리털을 쥐어 뜯었다.

*　　　　　*　　　　　*

　신민아는 몬테크리스토 백작의 정체가 강도영일지 모른다
는 글을 올렸다가 블로거들에게 박살이 났다.

　—곱게 미쳐라.
　—주인장님, 그동안 정확한 예측을 보면서 계속 감탄을 해왔지
만 이번 글은 정말 터무니없네요. 실망했어요.
　—몬테가 강도영이면 도대체 난 뭘까?

　수없이 달리는 댓글들.
　그 태반이 자신의 예측을 비웃거나 욕설로 가득 찬 것들이
었다.
　너무 억울하고 분해서 잠을 잘 수 없었다.
　나름대로 최선을 다해 추측을 했으나 블로거들의 인정사정
없는 악플은 그녀를 거의 초죽음으로 몰아넣었다.
　둘도 없는 친구인 허상미가 올리지 말라며 말렸지만 블로
그의 운영자로서 책임감을 져야 한다는 사실 때문에 자신의
주장을 굽히지 않았다.
　이런 결과가 있을지도 모른다는 생각을 했으나 블로거들의
반응이 상상 이상으로 차갑게 나타나자 밥맛이 떨어져 끼니

를 걸러도 배고픈지를 몰랐다.

대신 술을 마셨다.

3만이 넘던 회원 수는 그녀가 강도영이라는 추측을 올리고 나서 반 토막으로 줄어 조금만 더 있으면 광고가 다 떨어져 나갈 판이었다.

불면의 밤이 지속되고 기어이 결판의 날이 다가왔다.

그녀의 삶을 박살 낸 몬테크리스토 백작의 상판을 확인하는 날이 다가오자 아침부터 전의가 불타올랐다.

강도영일지 모른다는 추측을 했으나 그녀 역시 그럴 확률이 적다는 걸 알고 있었다.

그럼에도 기다렸다.

만약 몬테크리스토 백작의 정체가 정말로 강도영이 맞다면 그녀의 명성은 하늘을 찌르게 될 테니 말이다.

허상미가 맥주를 잔뜩 싸 들고 원룸에 들어온 것은 오후 4시가 훌쩍 넘었을 때였다.

복면가왕은 오후 6시에 시작되지만 그녀는 일찌감치 술판을 벌이며 기다릴 생각인 모양이었다.

술을 마시자 시간이 잘 갔다.

허상미는 그녀가 겪고 있는 고충을 누구보다 잘 아는 친구였기에 오늘을 학수고대하고 있었다.

유일하게 위로하고 그녀의 편에 서서 기다려 준 그녀가 너무나 고마웠다.

복면가왕이 시작되었지만 그녀들은 연신 술잔을 기울이며 몬테크리스토 백작이 출연하기를 기다렸다.

오늘은 특집 방송이었기 때문에 6시에 시작된 프로그램은 8시가 다 되어서야 고대하던 하이라이트가 시작되었다.

뮤직킹과 몬테크리스토 백작의 대결.

그녀의 관심사는 온통 몬테크리스토 백작의 정체에 가 있었지만 그걸 잊게 만들 정도로 두 사람의 노래는 환상적이었다.

"정말 대단하네. 민아야, 어쩌면 좋니. 난 언제나 네 편이지만 아무래도 걱정된다."

"아니라도 괜찮아. 내가 한 짓이니까 내가 책임져야지."

몬테크리스토의 노래가 끝나는 순간 신민아의 안색이 잔뜩 어두워졌다.

속으로는 그가 강도영이었으면 좋겠다는 생각을 하고 있었으나 허상미의 말대로 아닐 가능성이 너무나 컸다.

슈퍼스타인 강도영이 정말 몬테크리스토 백작이었다면 예전에 벌써 텔레비전을 휘저어놨을 것이다.

강도영은 처음부터 슈퍼스타가 아니었다.

다시 말하면 무명인 시절도 있을 텐데 저런 노래 실력을 숨겼을 리가 없었다.

드디어 몬테크리스토 백작이 복면을 벗기 위해 뒤로 걸어가자 숨이 멎을 것 같은 긴장감이 몰려왔다.

제발… 제발…….

그가 복면을 벗자 뒤에 있던 방청객들이 전부 귀신을 본 것처럼 놀라는 것이 보였다.

머리가 삐쭉 곤두섰다.

자신의 예감이 어쩌면 맞을지도 모른다는 생각이 들자 숨이 저절로 멈춰졌다.

드디어 몸을 돌려 걸어 나오는 얼굴을 확인한 신민아가 자리에서 벌떡 일어나며 두 팔을 번쩍 치켜들며 괴성을 질렀다.

화면에서는 김성준이 몬테크리스토 백작의 정체가 강도영이란 사실을 말하며 침을 튀기는 게 보였다.

"봤지, 봤지. 강도영 맞잖아. 내가 뭐라고 그랬어. 강도영 맞잖아!"

"어머머… 어머머. 아이고, 정말 강도영이네. 아우, 소름 돋아. 이년아, 앉아봐. 그렇게 서서 내려다보니까 귀신처럼 보인다고!"

허상미가 자신의 몸뚱이를 두 팔로 끌어안은 채 벌벌 떨었으나 신민아는 화면만 뚫어지게 쳐다보며 이를 갈았다.

지금까지 나한테 욕한 새끼들… 니들 이제 다 죽었어!

　　　　*　　　　　*　　　　　*

　복면가왕의 마지막 편이 방송되면서 몬테크리스토 백작의
정체가 밝혀지자 대한민국 전체가 멘붕에 빠져 버렸다.

　직접 시청한 사람들은 물론이고 일이 있어 보지 못한 사람들
도 인터넷에 올라온 글들을 읽으며 놀라움을 감추지 못했다.

　가수도 아닌 영화배우가, 그것도 대한민국을 대표하는 슈퍼
스타가 명예의 전당에 오른 사실은 대한민국을 충격에 빠뜨리
기에 충분한 것이었다.

　방송사에는 복면가왕을 보지 못한 시청자들의 재방송 요
청이 쇄도했고 인터넷은 빨리 동영상을 올려달라는 아우성이
빗발쳤다.

　　　　*　　　　　*　　　　　*

　TCN 9시 뉴스 앵커 하현종은 뉴스 대본을 마지막으로 점
검하면서 윤정아를 바라보았다.

　그녀는 계속해서 뭔가를 중얼거리고 있었는데 오늘따라 발
음이 꼬이는 모양이었다.

　그럴 만도 했다.

　오늘은 베네수엘라의 경제 위기에 대한 심층 분석을 그녀

가 진행해야 했는데 익숙하지 않은 각종 경제 용어가 많이 등장했기 때문이다.

옆모습이 참 예뻤다.

언제부턴가 여자 아나운서들은 탤런트 뺨칠 정도의 미모를 자랑했으나 특히 윤정아는 그중에서도 돋보일 정도로 아름다운 얼굴을 지닌 여자였다.

거기다가 S대를 나온 재원이었으니 여자들이 꿈꾸는 재벌가의 며느리가 될 수도 있을 것이다.

"윤 앵커, 뭐가 잘 안 돼?"

"아니에요. 처음에는 조금 어렵더니 이젠 입에 익네요. 걱정하지 마세요."

"뉴스 끝나고 회식 있는 거 알지. 오늘은 도망갈 생각하지 마."

"호호… 알았어요."

아나운서 경력으로 봤을 때 윤정아는 새카만 정도가 아니라 까마득한 후배였다.

그럼에도 이렇게 격의가 없어진 건 2년이란 시간 동안 같이 호흡을 맞추며 뉴스를 진행했기 때문이다.

뉴스를 진행하기 위해서는 사전 리허설이 필수였다.

방송 중간중간에 뉴스와 함께 동영상이 플레이되기 때문에 정확한 시간에 앵커들의 멘트가 끝나야 한다.

담당 피디가 헐레벌떡 들어온 것은 생방송이 10분 정도 남

앉을 때였다.

"앵커님, 속봅니다."

"속보라니?"

하현종이 놀란 얼굴을 한 채 피디가 전해주는 종이를 받아 들었다.

가뭄에 콩 나듯이 이런 경우가 있긴 했다.

전 세계적으로 충격적인 사건이 벌어지는 경우 생방송 중에 도 부랴부랴 속보를 내보내는 경우도 있었기 때문에 속보를 받아 드는 하현종의 표정이 슬쩍 굳어졌다.

생방송 뉴스가 눈앞에 다가온 상황에서 가져올 정도의 속 보라면 대단한 사건이 터졌다는 뜻이기 때문이다.

피디가 전해준 속보를 읽는 동안 윤정아가 시선을 굳힌 채 자신의 차례가 돌아오기를 기다렸다.

속보라면 그녀 역시 알고 있어야 했다.

하지만 하현종은 피디가 전해준 속보를 다 읽고도 눈만 껌 벅거리며 그녀에게 종이를 넘겨주지 않았다.

그녀의 표정이 더 굳어졌다.

앵커 경력만 20년 가까이 될 정도로 베테랑인 하현종이 이 렇게 충격을 받을 정도라면 정말 무서운 사건이 생겼다는 뜻 이기 때문이었다.

"앵커님, 왜 그러세요. 그렇게 큰일이에요?"

"이걸 믿어야 돼?"

"왜요?"

"방금 전에 끝난 복면가왕에서 몬테크리스토 백작의 정체가 밝혀졌는데 그게……."

"그런데요!"

몬테크리스토 백작이라면 그녀도 잘 알고 있는 사람이었다.

엄청난 가창력으로 현재 대한민국의 음원 차트를 모두 석권하는 몬테크리스토 백작의 정체는 그녀에게도 커다란 관심사였다.

더군다나 몬테크리스토 백작은 복면으로 얼굴을 가린 상태에서도 여자들의 워너비가 된 남자였다.

워낙 환상적인 몸매를 지녔고 그가 입은 검은 가죽 코트가 너무 잘 어울려 여자들은 그가 누군지도 모른 채 환호를 보내고 있었다.

그녀 역시 말을 하지는 않았지만 그의 절대적인 팬이었다.

그녀의 목소리가 올라가자 하현종의 얼굴이 그때서야 윤정아를 향했다.

"그놈이 강도영이란다."

"뭐라고요?"

"봐라, 이 속보. 우리 뉴스 톱에 그걸 내보내라는구만."

하현종이 내민 종이를 받아 든 윤정아가 순식간에 내용을 읽은 후 기가 막힌지 입을 떡 벌린 채 움직이지 못했다.

너무 어이가 없어 말이 나오지 않았다.

이게 사실일까?

새삼 뉴스 준비 때문에 텔레비전을 보지 못한 게 억울하다는 생각이 들었다.

몬테크리스토 백작이 복면을 벗는 순간이 떠오르자 보지도 않았는데 소름이 끼쳤다.

자신이 이럴 정돈데 직접 방송을 본 사람들은 어땠을지 충분히 짐작이 갔다.

몬테크리스토 백작은 장장 5개월 동안 정체를 꽁꽁 숨긴채 연일 화제를 뿌렸기 때문에 그의 정체는 사람들의 최대 관심사였다.

몬테크리스토 백작이 정말 강도영이라면 9시 뉴스의 속보로 때려도 전혀 이상할 게 없었다.

*　　　　　*　　　　　*

강도영 신드롬.

사람들의 혼을 빼놓은 연기력으로 대한민국 최고의 슈퍼스타에 올랐으며 복면가왕에서 명예의 전당에 오를 만큼 엄청난 가창력의 소유자.

두 가지가 합쳐지자 강도영의 인기는 하늘을 뚫어버릴 것처럼 끝없이 치솟았다.

지금까지 이렇게 연일 화제를 만들어내고 있는 스타는 아무도 없었다.

용의 칼에서부터 시작된 그의 인기는 히어로와 신비한 남자를 거쳐 2천만 관객을 동원한 광개토대제에서 정점을 찍더니 복면가왕 명예의 전당에 오른 후 국내에서는 상대할 자가 없었다.

강도영의 인기는 어느 특정 연령대나 여자에게만 해당된 것이 아니었다.

히어로와 광개토대제에서 보여준 남자들의 로망과 카리스마.

무려 6달씩 영화를 찍기 위해 모든 스케줄을 접어둔 채 맹훈련을 거듭했다는 사실이 언론을 통해 기사로 나갈 때마다 사람들의 호감도는 계속 상승했고 같이 촬영한 연기자들이 전부 그의 인성을 칭찬하면서 악플은 찾아보기 힘들었다.

강도영이 바쁜 스케줄을 뒤로하고 5달 동안 아무 일도 하지 않으며 복면가왕에 출연한 것이 시청자들을 실망시키지 않기 위한 배려였다는 게 알려지면서 그에 대한 사람들의 호감도는 끝없이 치솟았다.

강도영의 일상 하나하나가 특종이 될 만큼 엄청난 기사가 쏟아졌다.

그중에서 가장 커다란 건 강도영이 대박 작가 이수현과 손잡고 새로운 드라마의 촬영을 시작했다는 것이었다.

설렘.

아마도 설렘이란 표현이 정확할 것이다.

스타를 보고 싶어 하는 갈증이 사람들을 그렇게 만들었다.

강도영은 복면가왕 출연이 끝난 후 텔레비전에서 모습을 보이지 않았기 때문에 사람들은 드라마를 통해 그의 모습을 원 없이 보기를 간절히 기대하고 있었다.

*   *   *

강도영의 텔레비전 드라마 두 번째 작품은 대박 작가 이수현 극본 '천년의 사랑'이었다.

신라시대 공주를 사랑했던 주인공은 천년의 시공을 넘어 현대에서 다시 그녀를 만난다.

현대에서 그들의 신분은 평범한 회사원과 재벌집 외동딸이었다.

남자 주인공은 강도영, 여자 주인공은 요즘 한참 신데렐라로 떠오르며 인기몰이를 하고 있는 서정은이 맡았다.

인트로.

적들의 대군을 맞아들인 신라군이 수성전을 펼친다.

백제는 신라의 5개성을 깨뜨리고 이곳 부산산성을 공략하기 위해 2만 대군을 동원했다.

주인공 김현은 아버지인 성주 김일경을 도와 세 차례나 백제의 공격을 막아내지만 공주를 짝사랑하던 서라벌의 귀족 김우석의 배신으로 치열한 전투 끝에 목숨을 잃는다.

그가 목숨을 잃던 그 순간.

온몸에 피를 묻힌 채 죽어가던 김현과 서라벌에서 그를 기다리던 공주의 머리 위로 하얀 눈이 쏟아진다.

공주는 자신이 사랑하는 김현이 부산산성에서 적에게 죽임을 당했다는 김우석의 이야기를 듣고 미련 없이 성곽에서 몸을 던져 스스로 목숨을 끊는다.

                    *   *   *

인트로 촬영을 무사히 마친 강도영은 시뻘건 물감이 여기저기 묻어 있는 갑옷을 벗기 위해 서현탁에게 등을 맡겼다.

갑옷을 입는 것도 오래 걸렸지만 벗는 건 한참이나 낑낑대야 할 만큼 어려웠다.

"이놈의 갑옷, 더럽게 안 벗겨지네. 무겁긴 왜 이렇게 무거워!"

"툴툴대지 말고 얼른 벗겨. 힘들고 배고파서 죽을 지경이다."

"인마, 나도 힘들다고. 이건 네 거보다 더 무거운 것 같아."

강도영의 재촉에 서현탁의 입이 댓 발이나 튀어나왔다.

그 역시 비슷한 갑옷을 입고 있었는데 여기저기가 찢겨 마치 넝마처럼 변해 있었다.

드라마 출연 결정을 하면서 전제 조건으로 강도영이 강하게 주장한 건 서현탁의 배역을 달라는 것이었다.

그것도 미리 대본을 읽어본 강도영이 중요 조연을 요구했기 때문에 제작진은 곤혹스러움을 감추지 못했다.

이미 사전에 배역으로 점찍어둔 배우가 있었고 워낙 중요한 조연이라 신인을 쓰기에는 부담이 되었기 때문이다.

그러나 끝내 제작진은 강도영의 요청을 받아들일 수밖에 없었다.

1회 출연료가 2억에 달했지만 강도영을 섭외하기 위해 방송사 측은 전력을 다해야 했다.

그가 영화에 출연하기 위해 움직인다는 정보를 들었기 때문에 결국 방송사는 주인공의 친구 역으로 상당한 비중을 차지하고 있는 조연 배역을 서현탁에게 줄 수밖에 없었다.

결과로 봤을 때 방송사 측에서는 엄청난 성공이었다.

복면가왕에서 정체가 밝혀지고 난 후 강도영의 인기는 하늘을 찌를 정도였기 때문에 만약 계약이 늦어졌다면 회당 출연료 2억으로는 섭외가 불가능했을 것이다.

더군다나 서현탁의 연기력은 베테랑을 울고 가게 만들 만큼 뛰어나 담당 피디의 얼굴에서 웃음꽃이 활짝 폈다.

서현탁은 연극과 영화에 출연하면서 탄탄한 연기력을 지녀 PD를 더없이 흡족하게 만들었다.

'천년의 사랑'에 서현탁까지 출연이 결정되자 '페이스' 쪽에서는 새로운 로드 매니저를 그들에게 붙여주었다.

서현탁은 괜찮다고 했지만 이승환은 가차 없이 그의 말을 잘라 버리며 매니저직을 그만두게 만들었다.

강도영의 옷을 전부 벗기고 자신의 등을 내밀어 갑옷을 벗은 서현탁이 로드 매니저 류광일이 가져다 댄 밴에 올랐다.

촬영장은 수많은 엑스트라와 배우로 인산인해를 이루고 있었는데 해가 벌써 뉘엿뉘엿 지고 있는 중이었다.

서울에서 100㎞가 훌쩍 넘는 단양에서 촬영했기 때문에 집으로 돌아가는 시간도 만만치 않게 걸릴 터였다.

"도영아, 가다가 밥 먹을까?"

"그러자. 배고파서 안 되겠어."

"하긴, 점심도 먹는 둥 마는 둥 했으니 배가 고프겠네. 그런데 왜 그랬어?"

"뭘?"

"서정은이 서울 올라가다가 같이 밥 먹자고 하던데 냉정하게 바쁜 일이 있다면서 도망쳤잖아."

"같이 연기하는 사람하고는 밥 먹는 거 아니야."

"왜?"

"연기는 감정으로 한다는 거 몰라? 서정은은 내가 사랑해
야 하는 여주인공이야. 그런 여자와 사랑하는 감정으로 밥을
먹으면 어떻게 될 것 같냐?"

"이런, 젠장."

"그래서 그런 거야. 난 은서 씨를 슬프게 만들고 싶지 않
다."

"장하다, 강도영. 난 네 친구지만 가끔가다 네가 존경스러
워. 손만 내밀면 옷 벗고 달려들 여자들이 천지에 깔렸는데
전혀 꿈쩍하지 않다니 같은 남자로서 이해가 되질 않아. 너
혹시 고자냐?"

"지랄한다. 이게 죽을라고 어디서 그런 개소리를 하고 있어.
인마, 은서 씨가 점점 예뻐지는 거 네 눈에는 안 보이디?"

"얼씨구, 은서 씨가 예뻐진 게 너 때문이라고?"

"당연하지."

"이것 참, 믿을 수가 있어야지. 나중에 물어봐야겠다. 정말
잘하는지."

"너 죽는다!"

"자식, 펄쩍 뛰기는."

"미친놈아, 그런 걸 물어보는 놈이 어디 있어. 그것도 여자 한테!"

"이게 지가 한 짓은 전혀 생각하지 않는 모양이네. 야, 이 자식아. 너는, 넌 우리 마누라한테 뭐라고 그랬어. 신혼여행 가서 제일 많이 한 게 뭐냐고 물어본 건 다른 놈이었냐?"

"난 뭘 제일 많이 먹었는지 궁금해서 물어본 거다."

"사악한 놈. 우리 마누라가 제일 많이 먹은 게 뭔지 뻔히 알면서 물어본 거잖아. 인화 씨가 성격이 좋아서 얼굴만 붉혔지 다른 여자 같았으면 네 잘생긴 얼굴 손톱으로 작살냈을 거다."

"크크크… 그런가?"

강도영이 낄낄거리며 웃었다. 막상 예전에 해놓은 짓을 생각하니 새삼 즐거웠던 모양이다.

그런 강도영을 바라보며 서현탁이 흐물거리며 웃다가 슬며시 얼굴을 굳혔다.

"그런데 도영아."

"왜?"

"나 네 매니저 그만뒀으니까 돈 그만 넣어라. 이제 그만해도 돼."

"뭔 소리야?"

"그동안 고마웠다. 네 덕에 나도 연기를 시작했으니까 지금부터는 내 힘으로 살아볼게."

"부담돼서 그러냐?"

"아니, 쪽팔려서. 내 능력에 맞지 않은 돈을 너무 많이 받았어. 난 그걸로 충분하니까 이제 그러지 마. 지금부터는 내 힘으로 벌어서 우리 딸 수진이하고 마누라 행복하게 해주고 싶다. 내 말 무슨 뜻인지 알아먹었냐?"

"…돈 싫어하는 놈 처음 보네……."

강도영은 우기지 않았다.

서현탁의 눈에 들어 있는 의지가, 간절한 고마움과 부끄러움이 고스란히 전해졌기 때문이다.

친구의 자존심까지 건드리고 싶지 않았다.

그랬기에 그는 말을 돌리며 창밖을 바라보았다.

"여기 주변에 맛있는 집 알아?"

"내가 찾아볼게. 요즘은 세상 살기 편해졌어. 인터넷만 뒤져보면 맛집이 그냥 나오거든."

서현탁이 주머니에서 핸드폰을 꺼내 들고 인터넷을 화면 창에 올렸다.

하지만 그는 메인 화면에 떠 있는 강도영의 기사를 확인한 후 맛집 찾는 걸 포기해 버렸다.

요즘 들어 강도영의 기사가 잠시 뜸해진 상태에서 메인 화면에 뜬 기사였기에 자연스럽게 손이 갔다.

〈미국의 유명한 음악 평론가 챨스 해밀턴, 강도영의 노래를 비하하다〉

기사를 열고 들어간 서현탁의 표정이 점점 굳어졌다.

챨스 해밀턴은 국내에도 잘 알려진 미국의 유명한 평론가였는데 인기 프로그램 '보이스 아메리카'의 심사 위원이기도 했다.

챨스 해밀턴이 기자와 인터뷰한 내용은 간단했지만 당사자에게는 더없이 기분 나쁜 말로 가득 차 있었다.

나는 강도영이란 친구를 잘 알지 못합니다. 그가 코리아의 슈퍼스타란 말은 들었지만 나에게는 별 감흥이 오지 않는군요. 그의 노래를 몇 곡 들어봤으나 평이한 수준에 불과했습니다. 그의 노래가 인기를 끌고 있는 건 아마도 코리아의 음악 수준이 그만큼 낮기 때문일 겁니다. 그의 가창력은 미국에서 봤을 때 고등학생 수준에 불과합니다.

기사를 읽어 내려가면서 얼굴이 굳어졌던 서현탁의 입에서 기어코 욕설이 튀어나왔다.

그는 마치 자신이 당한 것처럼 씩씩거리고 있었는데 눈앞에 챨스 해밀턴이 있었다면 당장에라도 한 대 갈길 기세였다.

"이런 씨발 놈. 이 새끼 마치 지가 직접 들어본 것처럼 지껄여 놨네. 머리에 똥밖에 안 든 놈이 어디서 지랄이야, 지랄이!"

"왜 그래?"

"보지 마라, 열받으니까."

"괜찮아, 인마. 원래 스타는 욕도 얻어먹고 그러는 거야."

"보지 말라니까!"

강도영이 전화기를 뺏자 서현탁이 뒤늦게 소리를 질렀다.

하지만 이미 강도영은 몸을 웅크린 채 기사를 읽고 있는 중이었다.

모든 기사 내용을 읽은 강도영의 얼굴에는 쓴웃음이 걸려 있었다.

챨스 해밀턴을 자세하게 알지 못했지만 기사에 나온 걸 보니 상당히 유명한 음악 평론가라고 적혀 있었다.

그럼에도 오만하다.

어떤 경로를 통해 자신의 노래를 들었는지 알 수 없으나 직접 들어보지 않고 이런 인터뷰를 한다는 건 그가 얼마나 경솔한 사람인지 단적으로 나타내 주는 것이었다.

"챨스 해밀턴이라. 기억해 두지. 이자는 나만 욕한 게 아니라 대한민국 전체의 음악 수준을 싸잡아서 비난했어. 언젠가는 그렇지 않다는 걸 증명해야겠다. 그래서 놈의 수준이 얼마나 보잘것없는 건지 보여줘야겠어. 현탁아, 내 생각 어떠냐?"

　　　　　*　　　　　*　　　　　*

　스포츠데일리의 연예부 기자 민기식은 우연히 이상한 이야
기를 들었다.

　친한 친척 동생이 음식 전문 블로그의 회원인데 거기서 강
도영의 프로필에 대해 예상하지 못했던 말이 나와 회원들 간
에 소란을 겪었다는 것이다.

　그게 무슨 소리냐고 물었더니 블로그의 주인장 여자가 강
도영의 오래된 팬이라 그에 대해 모르는 게 없는데 원래 이름
은 강우진이었고 최초 프로필에 적혀 있던 학력은 서초동에
있는 낙산고등학교였다는 게 그녀의 주장이었다.

　강도영의 원래 이름이 강우진이란 사실은 그도 잘 알고 있
는 사실이었다.

　하지만 낙산고등학교 출신이란 건 처음 들었다.

　지금 강도영의 프로필에는 학교에 관한 것이 아무것도 없어
추적이 불가능한 상황이었다.

　수많은 기자가 그가 살았던 서초동을 샅샅이 뒤졌으나 그
와 같은 학교를 다녔다는 사람은 한 명도 찾아내지 못했다.

　강우진이란 이름으로 기자들은 서초동은 물론이고 서울 전
체를 이 잡듯 뒤져댔다.

그의 어린 시절 이야기를 알아낼 수만 있다면 특종을 잡아낼 수 있었기에 기자들은 필사적으로 강도영을 추적했다.

강우진이란 이름은 의외로 많았지만 강도영과 매치되는 인물은 찾아낼 수 없었다.

기자들이 그를 찾아내지 못하게 만든 가장 큰 이유는 고등학교 시절 강도영의 주소가 서초동으로 이사 오기 전에 살았던 영등포로 되어 있었기 때문이다.

어쩐 일인지 학교 측에 있는 학적부는 분명히 그렇게 기록되어 있었다.

학적부에 주민등록번호가 기재되지 않는다는 사실이 가장 치명적이었다.

그것만 있었어도 이렇게 아무런 성과 없이 외로운 늑대처럼 떠도는 일은 없었을 텐데 고등학교 학적부에는 강우진의 주민등록번호가 기록되어 있지 않았다.

민기식이 사촌 동생의 말을 듣고 제일 먼저 만난 사람은 음식 블로그를 운영하는 신세영이었다.

그녀는 며칠 전에 있었던 강도영 관련 논란 때문에 몇 가지 물을 게 있다는 그의 제의를 매몰차게 거절해서 3일이나 쫓아다녀야 했다.

결국 커피 전문점에서 만났을 때 그녀는 결정적인 증거를 들이밀며 자신의 주장이 옳다는 것을 증명했다.

어디서 났는지 그녀는 오래전 최초 포털 사이트에 올라와 있던 강도영의 프로필을 복사해서 가지고 있었다.

"만세!"

그녀에게 프로필을 전송받고 커피 전문점을 나서는 그의 얼굴이 감격으로 가득 찼다.

착한 일을 하면서 살았더니 하나님이 기어코 보상을 내려 줄 모양이다.

지체 없이 낙산고등학교로 향했다.

낙산고는 탤런트 강민경과 지금은 솔로로 전향해서 활동하고 있는 김초희가 나온 학교였기 때문에 그도 잘 알고 있었다.

그가 제일 먼저 향한 곳은 행정실이었다.

강도영의 나이는 31살이었으니 그와 비슷한 나이대의 학적부를 확인하면 강우진이란 이름을 발견할 수 있을 것이다.

기자 신분증을 내밀고 졸업 앨범을 요청하자 행정실장이 5권의 졸업 앨범을 가져왔다.

나이를 계산한 후 54회 졸업생 앨범을 펼쳐 들고 강우진의 이름을 찾았다.

있다.

맨 앞장에 있는 졸업생 명단에서 강우진이란 이름을 찾아낸 민기식이 기쁨으로 두 손을 불끈 쥐었다가 슬그머니 놓으며 급히 앨범을 뒤적였다.

이름은 맞았지만 얼굴이 완전히 달랐다.

그냥 다른 것이 아니라 쌍욕이 그냥 튀어나올 정도로 다른 얼굴이 거기에 담겨 있었다.

"뭐 이렇게 생긴 놈이 다 있어!"

민기식은 더 이상 확인할 필요 없다는 듯 54회 졸업생 앨범을 제쳐두고 다른 앨범들을 꺼내 뒤졌다.

하지만 강우진이란 이름은 더 이상 나오지 않았다.

아래위로 5권의 졸업 앨범을 더 꺼내서 찾았으나 결과는 마찬가지였다.

그랬기에 그는 다시 54회 앨범을 펴 들고 꼼꼼히 살피기 시작했다.

제작 과정에서 이름과 얼굴이 잘못 표기될 수도 있다는 희망을 가지고 샅샅이 훑어 나갔던 것이다.

어이없게도 강우진의 얼굴은 찾지 못했고 거기서 강민경과 김초희의 얼굴을 찾아냈다.

가만히 생각해 보니 강민경과 김초희도 31살이었다.

그러나 그가 앨범을 찾다가 충격에 빠진 것은 한쪽 구석에 있는 서현탁을 발견했기 때문이다.

강도영의 매니저이자 둘도 없는 친구라고 알려진 서현탁이 틀림없었다.

과연 우연일까?

민기식의 귀에서 기자의 감각을 자극하는 사이렌 소리가 맹렬하게 들리기 시작했다.

이건 분명히 뭔가가 있다.

     *   *   *

스포츠 신문이 언제부터 연예계 소식을 다뤘는지 알 수 없지만 현재의 스포츠 신문은 스포츠 관련 소식보다 오히려 연예 뉴스가 더 많을 정도로 변했다.

다시 말해 그만큼 스포츠 신문에서 연예부 기자들의 중요도가 커졌다는 뜻이었다.

웬만한 스타들은 그들에게 밥이나 다름없었다.

가장 집요했고 잠복까지 감행하며 뒤를 따라다녔기 때문에 치명적인 사생활이 노출되는 건 시간문제에 불과했다.

연예인이라 해서 일반인과 다른 삶을 사는 건 아니다.

사랑도 했고 클럽에 놀러가기도 했으며 어떤 사람들은 노름도 하는데 이 모든 것이 연예 기자들에게는 특종감이다.

그런 면에서 봤을 때 강도영은 돌연변이나 다름없는 놈이었다.

민기식은 오랜 시간 강도영을 따라다녔으나 그에 관한 어떤 뉴스도 생산하지 못했다.

강도영이 하는 짓은 너무 뻔해서 황당할 지경이었다.

그의 삶은 대부분 일을 하는 데 소비되고 있었다.

영화를 찍기 위해 매번 6개월씩 미친놈처럼 훈련하는 건 강도영이 유일했다.

대부분의 연예인은 일이 끝나면 여자 친구와 밀월여행을 가거나 텔레비전 예능 프로그램에 얼굴을 비추고, 그것도 아니면 지인들과 술로 세월을 보냈지만, 강도영은 달랐다.

영화나 드라마가 끝나도 슈퍼스타답게 광고 찍느라 바빴고 시간이 날 때마다 개인 강사에게 영어를 배우며 시간을 보내다가 집에 가는 일을 반복했다.

별종답게 뭘 해도 열심히 한다.

영어를 배운 지 3년밖에 되지 않았지만 강도영의 영어 실력은 프리 토킹이 될 정도로 좋아져 있었다.

비싼 개인 강사를 썼기 때문이라고 우길 수도 있으나 강도영의 열의가 없었다면 불가능에 가까운 일이었다.

만나는 사람도 한정이 되어 있었다.

가장 시간을 많이 보내는 놈은 역시 서현탁이었지만 가끔가다 유혁도 만났고 영화에 같이 출연했던 사람들과 술을 마시기도 했다.

물론 여자들도 있었다.

대표적인 게 강민경과 신은서였다. 그녀들과는 대놓고 두세 달에 한 번씩 만났는데 절대 둘이 만나는 법이 없었다.

매니저들을 대동하거나 다른 연예인들과 함께 밥을 먹었는데 슬쩍 알아보니 영화에 같이 출연하면서 친구가 된 사이였다.

뭔가 이상한 행동을 해야 특종이 생길 텐데 강도영에게는 그런 것이 없으니 미치고 환장할 지경이었다.

*   *   *

민기식이 사무실 문을 벌컥 열고 들어서자 부장이 자리에 앉는 그를 말없이 노려봤다.

어딜 갔다 오면 무슨 짓을 하고 왔는지 보고를 해야 되는데 싸가지 없이 그냥 자리에 앉았기 때문이다.

그럼에도 인상만 쓰고 말을 아꼈다.

민기식은 그의 고등학교 3년 후배로 성격이 지랄 맞아서 짖어도 아픈 줄 모르는 놈이었다.

얼마나 시간이 지났을까.

뭔가를 열심히 노트에 적고 있던 민기식이 자신에게 다가오자 연예부장 이창명이 다시 인상을 긁었다.

"뭐야?"

"부장님, 아무래도 당분간 사무실에 들어오지 못할 것 같습니다."

"그건 또 무슨 소리야. 왜 사무실에 안 들어온다는 거냐?"

"강도영에 대한 특종 건이 있어서 당분간 바쁠 것 같아요."

"뭐라고? 강도영!"

"제가 쥐고 있는 게 사실이라면 우리 신문은 대박을 터뜨릴 겁니다. 그러니까 사무실에 들어오지 않더라도 찾지 마세요."

"인마, 뭔지 대충이라도 말을 해줘야 될 거 아니냐. 끄냥 무작정 찾지 말라는 게 어디 있어!"

"그건 어느 정도 사실이 드러나면 말씀드리겠습니다. 그러니까 저를 믿고 기다려 주시죠."

"어허……."

이창명이 민기식의 얼굴을 보면서 한숨을 길게 내쉬었다.

그럼에도 더 이상 묻지 않고 팔짱을 끼었다.

민기식이 이렇게 나오는 건 뭔가 커다란 건수를 잡았다는 뜻이었다.

특종은 비밀이 생명이고 직속 상사라 해도 쌀이 밥으로 변할 때까지 노출시켜서는 안 된다.

더군다나 민기식은 연예계 기자들 사이에서도 진돗개로 소문난 놈이었다.

진돗개는 한번 물면 놓지 않는 그의 집요함 때문에 생긴 별

명이었다.

이런 놈이 대한민국의 슈퍼스타 강도영에 대해서 뭔가를 물었다면 기다려 줄 이유가 충분했다.

　　　　　*　　　　　*　　　　　*

민기식은 사무실에 통보를 해놓은 후 강도영과 같은 반에서 공부했던 놈들을 하나씩 찾아다녔다.

섣불리 건드려서 상대가 알아차리게 만드는 건 하수들이나 하는 짓이다.

천천히… 그리고 결정적인 단서를 잡은 후 가차 없이 물어뜯어야 적의 숨통을 단숨에 끊어놓을 수 있었다.

강민경이나 김초희, 서현탁을 만나지 않은 것도 그 이유 때문이었다.

그들은 가장 마지막에 요리해야 할 맛있는 재료들이었으니 마지막 순간까지 남겨둘 셈이었다.

주변 인물들을 탐색하기 시작한 지 며칠 만에 결정적인 단서들이 나왔다.

제일 먼저 찾은 단서는 그가 공익 요원으로 동사무소에서 근무했다는 것이었다.

같은 반 친구 중 하나가 정확히 강우진이 근무한 동사무소를 기억하고 있었기 때문에 두 인물이 하나라는 걸 확인하는 건 이제 일도 아니었다.

동사무소로 향하는 그의 발걸음이 휘청거렸다.

만약 거기서 확인한 주민등록번호가 일치한다면 강도영 스캔들은 대한민국 전체를 흔들 만큼 거대한 태풍으로 몰아치게 될 것이다.

강우진을 기억한 학교 친구들은 그를 보고 고릴라 수준의 형편없는 외모를 지녔다고 증언했다.

몸매는 찐빵을 연상시켰고 얼굴의 형태가 거의 유인원 수준이었기 때문에 붙은 별명이란다. 현재 강도영의 외모를 생각한다면 당연히 의문이 들었으나 지금은 그게 중요한 게 아니었다.

동사무소의 문을 열고 들어가 기자 신분증을 내밀자 명찰에 주임이란 직책을 달고 있는 남자가 벌벌 기는 게 보였다.

역시 공무원들에게 기자는 천적이자 슈퍼 갑이다.

그에게 10년 전 여기서 근무했던 강우진의 신원 조회가 필요하다는 말을 하자 이유도 묻지 않고 알아서 서류를 찾아왔다.

그가 가지고 올 때까지 민기식은 긴장으로 인해 마른침을 연신 삼켰다.

긴장하면 오줌이 마렵다. 하지만 그는 아랫배에서 밀려 나오는 오줌을 참고 주임이 가져온 서류를 잽싸게 받아 든 후 자신이 가지고 온 노트를 열었다.

할렐루야. 하나님, 감사합니다.

똑같은 13개의 숫자. 그가 찾아낸 강우진과 강도영은 동일 인물이 틀림없었다.

기쁨으로 하늘을 날아가는 심정이었다.

보름 동안의 추적 끝에 기어코 강도영의 정체를 밝혀냈으니 이제 그놈을 죽이는 건 일도 아니었다.

동사무소를 나와 먼저 방광에 가득 찬 오줌부터 해결한 민기식은 커피 전문점을 찾아 들어가 생각을 정리하기 시작했다.

그렇게 못생겼던 놈이 전설의 반안조차 찜 쪄 먹을 정도로 잘생기게 된 것은 분명 첨단 의학을 동원한 성형수술뿐이었다.

그곳이 어딘지 알아내는 게 급선무였다.

옛날 '미녀는 괴로워'란 영화가 있었다.

엄청나게 뚱뚱한 여자가 성형수술을 통해 최고의 미인으로 재탄생했다는 줄거리를 가진 영화였다.

터무니없다는 건 안다.

하지만 강우진의 고등학교 사진과 지금의 사진을 번갈아 보던 그의 머릿속에 떠오른 건 오직 성형수술뿐이었다.

          *   *   *

　민기식이 제일 먼저 찾은 것은 이춘화와 정민숙이었다.

　그녀들은 동사무소에서 강우진과 오랫동안 같이 근무했던 사람들이었지만 시간이 지나면서 둘 다 결혼해서 주부가 되어 있었다.

　"혹시 이 친구 아시겠어요?"

　"우진이네. 맞지?"

　민기식이 사진을 내밀자 이춘화가 소리를 지르며 정민숙을 바라봤다.

　하긴 사진 속의 인물은 한 번 보면 절대 잊을 수 없을 정도로 못생긴 얼굴을 지니고 있었다.

　정민숙의 입이 열린 것도 그런 이유였을 것이다.

　"맞아, 강우진. 얘 처음 왔을 때 얼굴이 딱 이랬어."

　"그래, 그땐 정말 눈이 마주치는 것도 징그러웠지."

　두 여자가 첫눈에 알아보자 득의에 찬 웃음을 흘리던 민기식의 표정이 묘하게 변했다.

　대화 중간에 끼어 있는 간극에서 뭔가 이상함을 느꼈기 때문이다.

　"처음 왔을 때 얼굴이 이랬다는 게 무슨 뜻이죠?"

"애가 고등학교 졸업하고 얼마 후에 공익으로 들어왔는데 그땐 정말 못생겼어요. 그런데 시간이 지나면서 점점 얼굴이 바뀌었거든요."

"천천히요?"

"네, 천천히. 몸무게가 엄청 나갔는데 하루에 헬스를 3시간씩 했대요. 나중에 공익 끝났을 때는 거의 몸짱이 되어 있었어요. 정말 인간 승리죠."

"얼굴은요?"

"제 기억엔 얼굴도 무척 변했어요. 살이 빠지면서 얼굴도 몰라보게 달라지더라구요."

"성형수술한 거 아닌가요?"

"성형수술요?"

"에이, 그건 아니에요. 걔네 집 가난해서 성형수술할 형편이 안 됐어요. 아, 맞다. 눈이 안 좋아서 라식 수술은 받았다고 들었어요. 여드름 때문에 피부과에도 갔었다고 했지?"

"맞아, 우리 있을 때 그렇게 얘기했어. 하도 피부가 좋아져서 우리도 가보려고 했잖아."

이춘화의 질문에 정민숙이 조금도 고민하지 않고 대답했다.

그녀는 마치 어제 일처럼 정확하게 그때의 상황을 기억하고 있었다.

속으로 답답함이 치밀어 올랐으나 민기식은 냉정하게 마음을 가라앉히고 질문을 이어나갔다.

"미안하지만 얼굴이 어떻게 변했죠? 안경 벗고 피부 좋아졌다고 해서 미남이 될 얼굴은 아잖아요."

"글쎄요. 워낙 매일 보는 얼굴이라서 우린 변했다는 것도 몰랐거든요. 나중에 떠날 때는 정말 잘생겨졌는데 우린 당연한 거라 생각했어요."

"혹시 휴가 다녀온 다음에 붕대로 얼굴을 가리고 온 적 없었나요?"

"아뇨, 그런 적은 없어요. 지금 성형수술 때문에 그런 말씀하시는 것 같은데 절대 아니에요. 걔는 성형수술한 적이 없다고요."

"확신할 수 있습니까?"

날카로운 눈으로 묻자 이춘화가 오히려 그 눈을 똑바로 바라보며 소리를 높였다.

"이봐요, 기자님. 지금 취조하는 거예요? 집에서 놀다가 심심해서 나오기는 했는데 우리한테 이러시면 안 되죠. 도대체 우진에 대해서 왜 자꾸 캐묻는 거죠? 그것부터 말해봐요. 우진이가 무슨 죄라도 저질렀어요?"

*   *   *

극단 비상에서 얻은 정보도 동사무소 여직원들과 거의 비슷했다.

강우진이 병원에 다닌 건 눈 때문에 라식 수술을 한 것과 피부과에 다닌 것이 전부란 증언뿐이었다.

마지막으로 찾은 강민경과 김초희는 강우진이 강도영이란 사실조차 모르고 있었고 서현탁은 명함을 내밀며 강우진에 대해서 묻자 자리를 박차고 나갔다.

그런 놈을 따라가며 국민은 진실을 알 권리가 있다고 떠드는 건 바보 같은 짓이었다.

서현탁이 돌아서서 자신의 멱살을 잡았는데 놈의 눈은 마치 독이 잔뜩 오른 살모사를 닮아 있었다.

"당신, 나한테 한 번만 더 개소리하면 정말 죽여 버릴 거야. 알았어!"

씨발, 참 먹고사는 게 힘들다.

처음에는 특종에 대한 설렘으로 잠조차 자지 못할 정도였는데 점점 이상한 진실에 접하자 풍선에 바람이 빠지듯 기운이 빠져나갔다.

도대체 이런 일이 있을 수 있을까?

다이어트를 하고 안경을 교정했을 뿐인데 얼굴 골격이 달라져 얼굴이 강도영처럼 잘생겨진다면 어떤 놈이 하지 않겠는가.

정말 기가 막혀 말도 나오지 않는 일이다.

상식적으로 이해되지 않는 일을 수십 명이 동시에 증언하고 있으니 이걸 어떻게 해석해야 될지 갈피를 잡을 수 없었다.

그럼에도 그는 이를 악물고 노트북을 꺼내 기사를 작성하기 시작했다.

이렇게 하릴없이 물러설 수는 없었다.

놈의 고등학교 사진과 현재 강도영의 사진, 그리고 그 두 사람이 동일 인물이란 걸 증명할 수 있는 자료만 뿌려도 독자들이 알아서 판을 키워줄 것이다.

기사에 도움이 되지 않는 주변 사람들의 증언은 이제 필요 없다.

대한민국의 네티즌들은 워낙 대단해서 독사처럼 집요하게 물고 늘어져 자신이 만들지 못했던 강도영의 과거에 대해 소설을 써줄 테니 말이다.

독자들에게 문제만 제기해도 대박 특종을 만들어낼 수 있다는 판단이 서자 그의 손가락이 빨라졌다.

〈강도영의 변화, 그는 과연 성형 미남인가?〉

타이틀을 적고 기사를 써 내려가는 민기식의 얼굴에서 득의에 찬 미소가 흘러나왔다.

이제 이 기사가 세상에 나가게 되면 대한민국은 난리가 날 것이고 그렇게 되는 순간 그는 영웅으로 거듭 태어나게 될 것이다.

특종을 터뜨린 기자에게 주는 회사의 보너스와 달콤한 휴가, 그리고 승진에 절대적으로 유리한 고과 점수가 주어지겠지.

강도영이 어떻게 되든 나는 그 달콤한 열매를 받아먹기만 하면 된다.

미안하다, 강도영. 사는 게 다 그런 거 아니겠냐.

*   *   *

민기식은 기사 작성을 완료한 후 부랴부랴 사무실로 뛰어들어왔다.

예민한 부장은 성형수술에 대한 근거에 대해서 꼬치꼬치 캐묻겠지만 사진과 두 사람이 동일 인물이라는 사실만 가지고도 그의 입을 닫게 만들 자신이 있었다.

부장 역시 특종이 절대적으로 필요한 사람이다.

무언가가 필요한 사람은 끝까지 스톱을 외치기가 힘든 게 세상의 이치다.

그가 들어서자 부장이 누군가와 커피를 마시고 있는 게 보였다.

뭔가 중요한 이야기를 하고 있는 것처럼 보였으나 민기식은 성큼성큼 그를 향해 다가갔다.

오늘 반드시 이 특종을 터뜨릴 생각이었다.

"부장님, 이야기 중에 죄송하지만 잠깐 저 좀 보시죠."

"김 기자……."

부장의 목소리가 이상했다.

그렇게 특종을 가져오라며 성화를 부리던 사람이 앞에 있는 사람의 눈치를 보면서 우력처럼 눈을 끔벅거리고 있었다.

부장의 태도에 잠시 멈칫하는 사이 소파에 앉아 있던 사람이 일어서는 게 보였다.

"당신이 이 명함의 주인입니까?"

그의 손에 든 명함. 자신의 것이 맞았다.

"그런데요?"

"나는 페이스의 대표 이승환입니다. 페이스가 강도영의 소속사라는 건 연예부 기자시니까 잘 아시겠군요."

"음……."

자신을 똑바로 응시하는 이승환의 눈에 불길이 쏟아져 나오는 것처럼 느껴졌다.

하지만 민기식은 이를 악물고 그의 시선을 마주 쳐다봤다.

어떤 일이 있어도 이 기사를 반드시 오늘 터뜨린다. 강도영의 소속사 사장이 아니라 어떤 놈이 와도 안 돼.

"서현탁이 와서 저한테 말하더군요. 당신이 강도영의 고등학교 사진을 가지고 다니면서 뒤를 캐고 다닌다던데 사실입니까?"

"그래서요?"

"그 사진 어디서 난 겁니까?"

"그건 말할 수 없습니다. 기자는 절대 정보원을 누출시키지 않는다는 거 잘 아시잖습니까."

"그렇군요. 그래, 기사는 다 썼나요?"

"그것도 말할 수 없소."

"성격이 대단하신 분이구만. 좋습니다. 마음대로 하세요. 하지만 당신은 강도영의 고등학교 사진을 신문에 낼 수 없습니다."

"당신이 뭔데 기자한테 이래라저래라 하는 거야!"

민기식이 결국 화를 참지 못하고 폭발시켰다.

다 된 밥에 쫓아와서 초를 치려는 이승환의 태도가 때려죽여도 시원치 않았기 때문이다.

그러나 그의 고함에 이승환은 눈 하나 깜짝하지 않았다.

이승환의 입에서 낮게 흘러나오는 목소리는 부드러웠지만 압도적인 힘이 담겨 있었다.

"강도영이 한 해에 벌어들이는 돈이 500억 가깝소. 당신이 그의 초상권을 함부로 쓴다면 과연 그에 대한 손해배상이 얼마나 될까. 당신은 알거지가 되겠지. 그건 당신뿐만 아니야.

대한민국 최고 슈퍼스타의 초상권을 함부로 침해한 스포츠데 일리도 문을 닫아야 할 거요. 그러니까 어디 죽고 싶으면 마음대로 해봐!"

제49장
천년의 사랑 II

드라마 촬영은 순조롭게 진행되었다.

언제 봐도 이수현 작가의 글은 감칠맛이 있고 흥미 요소가 곳곳에 배치되어 눈을 떼지 못하게 만드는 마법이 들어 있었다.

뻔한 내용도 뻔하지 않게 만드는 능력.

그것이 이수현을 대박 작가로 성장하게 만든 원동력이다.

촬영이 시작된 지 3달이 가까워지면서 벌써 12회의 촬영을 마쳤고 다음 주면 드디어 첫 방송이 시작된다.

오늘 촬영할 내용은 사랑했지만 신분 차이로 인해 고민하고 힘들어하던 여주인공이 그녀를 괴롭히던 꿈속의 주인공을 확인하는 장면이었다.

그녀는 어렸을 때부터 같은 꿈을 반복해서 꾸었는데 신입
사원 김현을 만난 이후로 꿈꾸는 횟수가 빈번해진 상태였다.

꿈속의 남자는 언제나 얼굴이 희미하게 가려져 그녀를 애
태우게 만들었다.

전생에서 공주였던 여주인공 선아는 자신을 애타게 부르던
꿈속의 남자 얼굴을 확인하고 김현과 인연의 끈을 눈치채는
게 이번 화의 마지막 장면이었다.

촬영을 끝내고 나오자 서현탁이 급히 따라붙었다.

그는 '천년의 사랑'에서 주인공 김현의 둘도 없는 친구 박동
구로 나와 신인답지 않게 능글맞게 연기를 해서 수시로 스태
프들을 배꼽 잡게 만들곤 했다.

"도영아, 씨발 큰일 났다."

"또 왜?"

"네 고등학교 때 사진이 인터넷에 떴어. 기어코 그 새끼가
장난을 친 모양이야."

서현탁이 휴대폰으로 인터넷 메인 화면에 올라와 있는 그
의 어렸을 적 사진을 보여주었다.

잊어버렸던 얼굴.

얼굴이 바뀌면서 잊기 위해 노력했으나 언제나 그의 머릿속
에 남아 있던 얼굴이기도 했다.

사진 속의 얼굴은 사람으로 보기 어려울 정도로 못생겨 혐오감마저 주고 있었다.

〈강도영의 과거와 현재. 사람 얼굴이 이렇게 변할 수도 있을까?〉

메인 화면에 올라와 있는 건 개인 블로그에 누군가 올린 글이었는데 간단한 내용과 함께 제목과 사진만 달랑 들어 있었다.

"언제 올라온 거냐?"

"방금, 너 촬영하는 동안 회사에서 먼저 알고 전화를 해왔어. 절대 어떤 전화도 받지 말란다. 사장님은 법적 대응을 하겠다면서 난리도 아니야."

"이 얼굴 오랜만이다. 다시 보니까 눈이 참 예쁘네. 그렇지 않냐?"

"지랄한다. 이 자식아, 지금 추억에 빠질 때냐? 잘못하면 뒈지게 생겼는데."

"죽긴 왜 죽어?"

"기자들이 벌 떼처럼 몰려들 거야. 아마 조금 후면 사실을 확인하겠다고 독사같이 덤벼들 거란 말이다."

"와도 괜찮아."

"허어, 미친놈."

"어차피 언젠가는 알려질 내용이었어. 현탁아, 내가 그 사람들을 피할 만큼 죄를 진 건 아니잖아?"

"야, 똥이 무서워서 피하냐, 더러워서 피하지."

서현탁이 답답하다는 듯 소리를 질렀다.

하지만 강도영의 표정은 전혀 변하지 않았다.

"그 사람, 사장님이 무섭긴 무서웠던 모양이다. 이렇게 사진만 덜렁 올려놓은 걸 보니. 자신한테 아무런 도움이 안 될 텐데 이런 짓을 한 건 내가 미워서였을까?"

"사장님 때문에 기사 올리지 못한 게 억울했던 모양이다. 그놈은 특종 잡았다고 좋아했을 텐데 결국 올리지 못했잖아."

"많이 퍼뜨렸나?"

"꼬리가 밝히면 저도 죽을 테니 주변 사람들을 이용해서 몇 군데만 올렸겠지. 우리나라 인터넷 유저들은 속도라면 타의 추종을 불허할 정도로 빠르니까. 철모르는 중학생이나 고등학생들일 가능성이 커. 만약 걸려도 눈물 몇 방울로 빠져나갈 수 있는 애들 말이야. 기자들이 나서는 건 인터넷이 이걸로 뜨거워진 후겠지. 한마디로 우린 좆 된 거다."

"현탁아, 세상일은 어떻게 돌아갈지 몰라. 금방 죽을 것 같았는데도 다시 생생하게 살아나고 이젠 다 버려야겠구나 할 때 더 많은 것을 얻게 되는 경우도 있어. 그러니까 너무 걱정하지 마라. 그 일은 네 예상과 다르게 진행될지도 몰라."

　　　　*　　　　　*　　　　　*

　강도영 팬클럽 회장 이남순은 친구의 전화를 받고 부리나
케 인터넷을 켰다.
　포털 사이트 메인 화면 한쪽에는 강도영의 얼굴이 침팬지처
럼 이상하게 생긴 놈의 얼굴과 같이 올라와 있었는데 제목이
기가 막혔다.

　〈강도영의 과거와 현재. 사람 얼굴이 이렇게 변할 수도 있
을까?〉

　화면을 클릭하고 내용을 확인하기 위해 들어가자 그저 사
진만 달랑 두 개 올라와 있었는데 그 밑에 한 줄 적혀 있는
건 블로그 운영자의 참고 멘트뿐이었다.
　운영자의 말로는 회원 중 한 사람이 보내온 메일에 들어 있
었다는 것이었고 이 침팬지가 강도영의 고등학교 때 사진이라
는 이야기였다.
　사진을 확대해서 가만히 들여다보니 그 옛날 텔레비전에서
인기를 끌던 개그맨과 비슷했다.
　그는 아무리 못생긴 사람이라도 삶에 희망을 줄 정도로 화

끈한 얼굴을 지녀 한동안 인기 절정을 구가한 적이 있었다.

그 옆에 찍혀 있는 강도영의 현재 얼굴을 확인하자 부글부글 화가 치솟기 시작했다.

해맑게 웃고 있는 강도영의 얼굴이 그녀의 눈에는 어떤 놈의 장난으로 인해 점점 슬퍼하는 것처럼 느껴졌기 때문이다.

이남순은 즉각 비상 연락망을 가동해서 회원들에게 이 사태를 알리고 해결 방안을 논의했다.

당연히 말도 안 되는 사실이었지만 이런 사진이 사랑하는 오빠 옆에 걸려 있는 걸 더 이상 두고 볼 수 없었다.

강도영의 팬클럽 회원 수는 무려 20만 명에 육박하고 있었다. 아이돌 그룹의 팬클럽이 대부분 중고등학생으로 채워진 것에 반해 강도영의 팬클럽은 연령층이 다양했고 그중 남자들도 상당수를 차지했다.

당장 그녀의 나이도 30살로 강도영보다 한 살 적을 뿐이었다.

그저 좋았을 뿐이다.

팬클럽 회장이 된 것도 강도영이 너무 좋아 블로그를 만든 것이 계기가 되었는데 복면가왕에 출연한 후로는 회원들이 워낙 많아져서 이제는 감당이 안 될 정도였다.

강도영이 사람들에게 인기가 있는 건 그의 열정적인 연기 자세와 훌륭한 노래 실력도 있었지만 무엇보다 깨끗한 사생활과 다른 스타들과 달리 언제나 겸손함과 진중함을 잃지 않았기 때문이다.

그녀 역시 강도영의 사람 향기에 취한 사람이었다.

그런 자신의 우상을 이런 짓거리로 짓밟으려는 놈들은 그 냥 내버려 둘 수 없다.

강도영 팬클럽이 움직이기 시작한 것은 사진이 올라온 지 단 한 시간이 지나고 난 후부터였다.

사진이 올라와 있던 블로그는 폭탄을 맞은 것처럼 박살이 났다.

아무런 생각 없이 사진을 실어 나르던 인터넷 유저들도 마 찬가지였다.

―야, 이 개***. 넌 이게 재미있냐?

―도대체 무슨 원한이 있다고 이런 장난을 쳐. 강도영이 잘되니 까 배아프디!

―왜 도영 오빠한테 이러는 거죠. 당신 또라이인가요?

―븅신, 그렇게 할일 없으면 낮잠이나 처자!

댓글들의 홍수.

욕을 하는 사람들도 있었고, 명예훼손죄 운운하며 협박하 는 사람들, 찾아가서 면상을 확인해 보겠다는 글들이 강도영 의 사진을 올린 사람들의 블로그를 망신창이로 만들었다.

블로그가 접속 불능에 빠져드는 건 시간문제였다.

워낙 많은 사람이 동시에 접속하면서 블로그가 먹통이 되는데 걸린 시간은 불과 2시간도 걸리지 않았다.

인터넷 메인 화면에 자리를 차지했던 강도영의 사진은 불과 2시간 만에 사라졌고 사진을 실어 날랐던 블로거들은 불똥이 떨어진 것처럼 게시물을 삭제했다.

사람은 자신에게 불리해지면 겁을 집어먹는 본능이 있기 때문이다.

＊   ＊   ＊

주간연예의 배지은은 인터넷에 올라온 강도영의 사진을 확인하고 출처를 확인하기 위해 블로그에 들어갔다.

강도영의 고등학교 때 사진.

보자마자 헛바람이 들이켜질 정도로 놀라서 눈이 둥그렇게 커졌다.

어떤 놈이 이런 장난을 친 걸까?

말도 안 되는 일이었으나 그럼에도 흥미가 동하기 시작했다.

장난이라도 좋고 사실이라면 더 좋다.

강도영에 관한 것이라면 뭐든 뉴스거리가 될 수 있으니 그녀에게 이 사진은 더없이 좋은 먹잇감이 될 수 있을 터였다.

실실거리며 웃는 얼굴로 다가가자 부장인 방연숙이 뭔가를
뚫어지게 쳐다보다가 그녀를 향해 시선을 보내왔다.

"뭐가 그렇게 좋아?"

"부장님, 포털 사이트에 강도영에 관한 재밌는 사진이 올라
왔어요. 아무래도 강도영 좀 만나봐야 할 것 같아요."

"고등학교 사진 말이니?"

"알고 계셨어요?"

"넌 내가 매일 회사에 출근해서 콧구멍이나 파는 줄 아는
모양인데, 그렇게 생각하지 않았으면 좋겠어."

"그럴 리가요. 강도영 고등학교 사진이 대박이에요. 당연히
가짜겠지만 강도영의 반응이 재밌을 것 같아요. 오늘 가서 인
터뷰 따고 기사 쓸게요. 괜찮겠죠?"

"넌 사진만 봤고 그 밑에 달린 건 안 보였니?"

"그 밑에 뭐요. 아깐 아무것도 없었는데요?"

"쓸데없는 일에 끼어들지 말고 문대국이 결혼 발표장이나
갔다 와. 그거 괜히 건드렸다가는 똥물에 빠지는 수가 있어.
다른 놈이 싸놓은 똥에 뭐 하러 가까이 가."

방연숙이 더 이상 할 말이 없다는 듯 손을 홰홰 젓자 배지
은의 표정이 슬쩍 굳어졌다.

도대체 무슨 소린지 알아듣지 못했기 때문이다.

하지만 곧 그녀는 자리로 돌아와 컴퓨터에 아직 떠 있는 강

도영의 사진을 확인한 후 커서를 밑으로 끌어 내렸다.

으⋯⋯.

그녀의 입에서 신음 소리가 저절로 흘러나왔다.

부장의 말이 무슨 뜻인지 화면에 뜬 수많은 댓글을 읽으면서 깨달았기 때문이다.

댓글들은 온통 사진을 올린 블로거를 향해 비난을 쏟아내고 있었다.

가끔가다 의심의 눈초리를 보내는 댓글도 있었으나 그 밑으로 수많은 답 댓글이 달리며 싸잡아서 욕을 먹었다.

정말, 강도영 대단하다.

다른 연예인이었다면 인터넷 유저들은 사실 여부를 떠나 까는데 정신이 없었을 테지만 강도영은 안티가 거의 없었다.

배지은은 허탈한 표정으로 출장을 가기 위해 들었던 가방을 의자에 던졌다.

이런 분위기에서 확인도 되지 않은 고등학교 사진 때문에 인터뷰를 하겠다고 덤빈 자신이 정말 한심했다.

이 사진이 누군가의 고의에 의해 올라온 것 같다는 냄새가 났으나 부장의 말이 맞다는 판단이 들었다.

누군가가 싸놓은 똥에 주저앉았을 때 그 지독한 냄새는 주간연예를 온통 뒤덮을지도 모른다.

　　　　＊　　　　　＊　　　　　＊

"야, 머리 좋은 놈. 알고 있었어?"

"그냥… 예상만 했지. 그동안 내가 열심히 살았잖아."

강도영이 태연하게 대답하자 서현탁이 혀를 내둘렀다.

얼굴만 잘생겨진 게 아니라 머리도 기가 막히게 변해서 깜짝깜짝 놀라는 경우가 한두 번이 아니다.

대본을 순식간에 외워 버리는 건 둘째 치고 그 바쁜 와중에도 영어를 배워 유창하게 떠들었고 요즘은 일본어와 중국어까지 배우는 중이었는데 벌써 상당한 수준까지 올라간 상태였다.

사건이 터지자 자신과 사장인 이승환은 사태를 수습할 생각을 하면서 좌불안석이었는데 강도영이 태연했던 건 이렇게 될 거라 예상하고 있었던 모양이다.

강도영의 고등학교 사진은 올라온 지 불과 3시간 만에 깨끗하게 인터넷에서 사라져 더 이상 찾아볼 수가 없었다.

촬영을 마친 그들은 저녁만 해결하고 곧장 집으로 돌아갈 계획이었다.

불과 얼마 전까지 그들을 괴롭혔던 일이 깨끗하게 해결되자 속에 있던 무거운 돌이 빠져나간 느낌이었다.

오늘 '천년의 사랑'이 전파를 타고 전국으로 첫 방송 되는 날이라 일찍 돌아가 자신들이 어떻게 나왔는지 확인해야 했다.

연일 화제다.

'천년의 사랑'은 드라마 역사상 처음으로 일본과 중국에 동시 방송되는 것으로 예정되어 있었다.

판권비만 해도 어마어마했다.

일본과 중국은 '천년의 사랑' 판권비로 무려 300억이란 거금을 썼는데 워낙 많은 방송사에서 달려들었기 때문에 TCN이 공중파 방송사로 제약을 걸지 않았다면 훨씬 더 많을 금액에 낙찰이 되었을 것이다.

"오늘은 뭐 먹을래?"

"넌?"

"소주 한잔 딱 걸치면 좋겠는데 첫 방이라서 그러지는 못할 것 같고 우리 대충 라면으로 때울까?"

강도영의 말에 서현탁이 눈을 치켜떴다.

이 자식은 예나 지금이나 하는 짓이 똑같다.

대한민국 최고의 슈퍼스타니까 라면을 끓여 먹자는 게 빈말이었으면 얼마나 좋겠냐만 강도영은 거의 빈말을 하지 않는 놈이다.

그리고 무엇보다 중요한 건 라면을 자신이 끓여야 한다는 사실이다.

예전 고등학교 시절 때부터 다른 건 몰라도 라면하면 서현탁, 서현탁은 라면이란 공식이 둘 사이에 성립되어 있었기 때문이다.

쩝, 입맛이 저절로 다셔졌지만 서현탁은 강도영을 빤히 바라보며 입을 열었다.

"짜파게티?"

"아니, 오늘은 얼큰한 게 땡기네. 신라면 끓여줘."

"이 자식아, 아무거나 먹어!"

서현탁이 주먹을 번쩍 들자 강도영이 몸을 웅크리며 키킥댔다.

친구란 건 좋다. 이렇게 편한 마음으로 농담을 주고받을 수 있는 놈이 곁에 있으니 즐거움이 멈추지 않는다.

하지만 그의 얼굴이 웃음을 멈추고 급격히 굳어지기 시작한 건 맞은편에서 다가오는 사람을 확인한 후 부터였다.

또각, 또각.

구두 소리를 내며 똑바로 다가온 사람이 강도영의 앞에 섰다.

그녀는 강도영의 얼굴을 확인하며 몸을 떨다가 격정에 찬 음성으로 천천히 입을 열었다.

"우진아… 오랜만이야. 그동안 잘 지냈니?"

오랜만이었으나 너무나 익숙했다.

10년이란 세월은 그녀의 얼굴에 주름을 만들어놓았지만 한눈에 알아볼 수 있었다.

"잘 있었니⋯⋯."

그 한마디에 눈물이 핑 돌았다.

그녀의 음성은 마치 꿈속에서 흘러나온 것처럼 그렇게 몽환적이었다.

언제나 그를 다정하게 대하던 목소리도 변한 것이 없었다.

"박사님, 보고 싶었습니다."

거부하지 않았다.

그녀의 반가움을 냉정하게 거부하기엔 그녀가 준 선물이 너무나 컸다.

정세희.

자신에게 새로운 생명을 준 사람.

코리아스타에서 떨어진 후 죽고 싶다는 생각이 들 정도로 괴로웠을 때 마지막으로 찾아간 곳, 미성연구소.

그곳에서 그녀를 만났다.

오랜 시간 동안 모르모트처럼 인체 실험의 대상이 되었음에도 그녀를 잊지 않는 건 오로지 고마움 때문이었다.

그녀는 그를 사람답게 대해준 유일한 사람이었다.

미안했다.

실험에 성공해서 완벽하게 외모가 바뀌었음에도 그녀를 찾지 않았던 것에 대한 미안함이 아직도 그의 가슴 한편을 무거운 돌처럼 누르고 있었다.

"아직도 날 알아보는구나……."

"그럼요, 항상 생각하고 있었으니까요."

"우리, 어디 가서 차 한잔 마실 수 있을까?"

불안한 시선.

그녀는 강도영에게 시간을 내달라는 말을 완곡하게 표현했다.

강도영은 예전의 어리고 힘없던 강우진이 아니었다.

대한민국 최고의 슈퍼스타.

당장 안면몰수하고 그녀를 박대한다 하더라도 아무런 말을 할 수 없었기에 그녀의 시선이 눈에 띄게 흔들리고 있었다.

하지만 강도영은 당연한 듯 고개를 끄덕인 후 서현탁을 먼저 집으로 돌아가게 만들었다.

촬영장에서 가까운 커피점으로 들어갔다.

그도 그녀도 먼 곳까지 가기에는 마음의 여유가 없는 사람들이었다.

커피가 나오자 먼저 입을 연 것은 강도영이었다.

"오실 수도 있다는 생각을 하고 있었어요. 박사님은 인터넷에 올라온 사진 속의 얼굴을 절대 잊지 못했을 테니까요."

"맞아. 그랬어. 다른 사람은 몰라도 나는 한눈에 알아봤어. 하지만 확신할 수는 없었지. 강도영이 강우진이란 걸 믿을 사람이 누가 있겠니."

"그런데 어떻게 알아보셨죠?"

"오는 동안 내내 고민했어. 인터넷에 올라온 사진 한 장만 가지고 이렇게 찾아온다는 게 말이 안 된다고 생각했거든. 너를 알아본 건 아니야. 그저 강도영이란 배우에게 사실 여부를 듣고 싶어서 왔을 뿐이야. 그런데 너를 보는 순간 나도 모르게 우진이란 이름이 튀어나왔어. 네가 반응해 주기를 기대하면서."

"그랬군요."

"내가 찾아와서 부담되지?"

"아뇨, 괜찮습니다. 믿으실지 모르겠지만 언젠가는 박사님을 찾아갈 생각이었어요. 그래서 고맙다는 말을 꼭 하고 싶었습니다."

"넌 아직도 여전히 착하구나."

"저한테 오신 건 연구 때문이시죠. 살아오면서 뉴스를 계속 확인하고 있었어요. 혹시 박사님 팀의 연구가 성공을 했다는 뉴스가 나올지 모른다는 기대를 하면서요. 하지만 언론에서는 그런 뉴스가 나오지 않더군요."

"그래… 성공하지 못했어."

"이제 박사님을 만났으니까 제가 도와 드릴게요. 제 피가 필요하면 언제든지 말씀하세요. 머리카락도 세포도 제공해 드리겠습니다."

"오해를 했나 본데, 이제 그런 것은 필요 없어. 내가 온 건 그저 잘생긴 강도영이 정말 우진이가 맞는지 확인하고 싶어서 였어."

"필요 없다니요. 그게 무슨 말씀이시죠?"

"네가 떠나고 3년 후, 그러니까 7년 전에 인간복제방지법이 강화되면서 우리 연구소는 그 실험을 완전히 포기했거든. 더군다나 네 세포는 아무런 도움도 안 돼. 그때 말했듯이 너는 특별한 DNA를 가지고 있었기 때문에 부작용이 발생하지 않았던 거야. 특별한 사람에게 나타난 증상을 가지고 보통 사람들에게 적용할 수는 없으니까."

"박사님은 그 실험에 정열을 다 바치셨잖아요. 서운하지 않으세요?"

"왜 서운하지 않겠니. 과학자로서 좌절을 겪는다는 건 너무나 힘든 일이야. 연구가 중단되면서 한동안 무척 힘들었단다."

"제가 일찍 찾아갔어야 했는데 죄송해요."

"아니… 아니야. 나라도 찾아오지 않았을 거야. 너를 먼저 포기한 건 우리였어. 벼룩이도 낯짝이 있는데 어떻게 너를 비난할 수 있겠니."

"…그렇게 생각해 주셔서 고맙습니다."

강도영이 정세희를 향해 깊이 고개를 숙였다.

10년이 넘도록 가져왔던 부담감과 죄책감이 그의 인사에 고스란히 담겨 있었다.

"널… 이렇게 봐서 고마워. 예전의 그 착한 마음을 여전히 가지고 있으니 내 마음이 너무 좋아. 우진아, 누구에게도 이 비밀을 말할 필요 없어. 네가 죄책감을 가지고 있었다면 이젠 미련 없이 떨쳐 버려도 돼. 내가 너를 찾은 건 보고 싶기도 했지만 꼭 이 말을 전해주고 싶었기 때문이야. 나는 네가 새롭게 시작된 인생 속에서 행복하게 살아가기를 진심으로 바라."

*   *   *

강도영이 집으로 들어가자 기다리고 있던 서현탁이 바람처럼 튀어나왔다.

그는 안색이 굳어진 강도영을 보고도 아무런 말없이 먼저 돌아왔지만 궁금증 때문에 지금까지 안절부절못하고 있었다.

"도영아, 그 사람 누구냐?"

"미성연구소, 정세희 박사님."

"헉, 그럼……."

서현탁의 얼굴이 단박에 허옇게 질렸다.

강도영의 과거를 누구보다 잘 아는 그로서는 미성연구소 자체가 금기어에 해당하는 것이었기 때문이다.

이건 고등학교 때 얼굴이 인터넷에 올라온 것과 근본적으로 다른 이야기였다.

만약 미성연구소 측에서 정체를 까발린다면 강도영은 죽은 목숨이 될 것이다.

"그 여자가 어떻게 찾아온 거야!"

"인터넷에서 내 얼굴을 보셨단다. 그분은……."

강도영이 이야기를 하는 내내 긴장 때문에 손바닥이 홍건 해질 정도로 땀을 흘리던 서현탁이 이야기가 진행될수록 기쁨의 탄성을 흘려냈다.

얼마나 마음 졸였던가.

유전자 성형으로 인해 얼굴이 변했다는 게 알려지는 순간의 그 지옥 같은 시간들을 두려워하며 그는 강도영보다 더 마음을 졸이고 있었다.

그런데 이렇게 모든 것이 쉽게 해결되자 서현탁은 펄쩍거리며 거실을 뛰어다녔다.

"무조건 술 한잔하자. 이런 날은 얼큰한 라면에 소주를 마셔줘야 해."

자신보다 더 좋아하는 서현탁을 보며 강도영이 빙그레 웃었다.

놈은 마치 그림자 같다. 자신의 영혼을 지켜주는 그림자 말이다.

　　　　＊　　　　　　＊　　　　　　＊

　'천년의 사랑'이 시작될 시간이 되자 박수미와 친구들이 거실에 옹기종기 모여 앉았다.

　박수미는 아래윗집에 살았다는 특별한 인연이 있었고 친구들 역시 강도영과 직접 마주 앉아 술까지 마신 경험이 있었기 때문에 오래전 팬클럽에 가입했다.

　인터넷에 이상한 사진이 올라왔을 때도 그녀들은 회사에서 일하다 말고 블로그를 찾아다니며 댓글을 달았다.

　다른 건 참을 수 있어도 강도영이 누군가에 의해 모함을 당하는 건 절대 참을 수 없는 일이었다.

　그녀들의 앞에는 캔 맥주가 박스째 놓여 있었고 마른안주까지 구비되어 있었는데 벌써 빈 캔이 한쪽에 수북이 쌓여 있었다.

　화면을 보다가 더 이상 참지 못하겠던지 소리를 지른 건 조미영이었다.

　"아이고, 저놈의 광고. 도대체 몇 개를 하는 거야. 지금까지 나온 게 20개가 넘어요."

　"본전 뽑아야지. 도영 오빠 나오는 드라만데 오죽하겠냐."

　"그래도 이건 아니지. 기다리는 사람들 죽으라는 거야, 뭐야."

　"야, 조용해. 이제 시작하나 보다."

박수미와 조미영이 떠드는 걸 가로막으며 박세영이 자신 앞에 놓인 맥주 캔을 들어 입으로 가져갔다.

그녀의 말대로 광고가 끝나면서 곧바로 '천년의 사랑' 인트로가 시작되었다.

거칠게 시작되는 전쟁.

요즘은 드라마도 워낙 CG가 훌륭해서 화면을 꽉 채운 병사들이 치열한 접전을 펼치는 게 마치 영화를 보는 것 같다.

물론 이런 스케일의 화면은 이것으로 마지막일 것이다.

드라마 제작비는 한계가 있으니 시청자들의 흥미를 바짝 당기는 인트로에서만 볼 수 있는 장면임이 분명했다.

그럼에도 세 여자는 입을 떡 벌리고 화면에 시선을 고정시킨 채 움직이지 않았다.

카메라의 화면은 주인공인 강도영을 중점적으로 비추고 있었는데 얼마나 생동감 있고 파괴적으로 액션을 펼치는지 정말 눈앞에서 싸우는 것 같이 보였다.

"역시 도영 오빠, 액션 정말 끝장이야."

"저 표정 봐라. 완전 비장미가 철철 흐르잖아. 보는 것만으로도 소름 끼쳐."

"후우, 난 왜 저 섹시한 몸매만 보이냐."

"넌 내가 몇 번이나 말하니. 그림의 떡은 먹는 게 아니라 감상만 하는 거라니까!"

박세영이 입맛을 다시자 옆에 있던 박수미가 인정사정없이 퉁방을 줬다.

하지만 박세영은 절대 인정할 수 없다는 얼굴을 하고 있었다.

"내버려 둬. 계속 쳐다보면 그림이 튀어나올지 몰라."

"이것들아 좀 조용히 해. 이렇게 비장한 장면에서 음란한 말을 꼭 해야 되겠어?"

"히힛, 미안."

조미영의 일갈에 나머지 둘의 입이 순식간에 닫혀졌다.

그러고는 곧 드라마에 빠져들기 시작했다.

하지만 그 침묵은 오래 가지 않았다.

맹렬하게 싸우며 성을 지키던 장면들이 지나가고 아군들의 배신에 의해 강도영이 위기에 처하자 그녀들의 입이 다시 열렸다.

"꼭 저런 놈들이 있다니까. 아이 씨, 큰일 났네."

"내가 20년간 드라마를 본 전문가로서 도영 오빠는 여기서 죽을 거야. 그래야지 드라마가 진행되거든."

"아휴, 냉정한 년. 그대로 그렇게 말하면 곤란하지 도영 오빠 힘들어 하는 거 안 보여?"

"힘들어도 어쩔 수 없다. 문제는 우리의 여주인공이 어떻게 되냐는 거지."

박수미가 전문가답게 예리한 분석을 하자 친구들이 화면에 시선을 집중하고 있다가 날카롭게 그녀를 쩨려봤다.

그러나 스토리 라인은 그녀의 예측대로 흘러가 강도영이 온몸에 칼을 맞고 차디찬 땅바닥에 쓰러지는 장면이 나온 건 얼마 지나지 않아서였다.

피로 범벅이 된 얼굴에서 흐르는 눈물.

얼굴을 땅에 묻은 채 처연하게 흘린 눈물 한 방울이 그녀들의 가슴을 먹먹하게 만들었다.

많은 눈물을 흘린 것은 아니었으나 그것만으로도 강도영은 주인공의 심정을 고스란히 나타내는 연기를 펼쳐냈다.

"캬아, 죽인다."

"저게 연기지. 도영 오빠 연기에는 진심이 담겨 있다니까."

    *   *   *

'천년의 사랑' 첫 방송의 시청률은 31%를 찍었고 다음 날 방송된 2화는 무려 35%를 기록했다.

최근 10년 동안 첫 방에서 이런 파괴력을 보인 드라마는 '천년의 사랑'이 처음일 정도로 대박을 터뜨렸던 것이다.

이대로 시청률이 상승 곡선을 지속한다면 40%를 넘는 건 일도 아니고 어쩌면 마의 벽으로 통하는 50%까지 넘볼 수 있을지 모른다.

'천년의 사랑'이 첫 방에서 이런 시청률을 기록한 것은 강도영의 존재감이 그만큼 특별했기 때문이다.

복면가왕에서 무려 5달 동안이나 국민들의 시선을 한 몸에 끌어당겼고 정체가 밝혀지며 대한민국을 들썩이게 만들었던 것과 그의 검증된 연기력이 이수현이라는 대박 작가를 만나며 시너지 효과를 폭발시켰다.

2화까지 지켜본 시청자들의 반응은 호평 일색이었고 인터넷에 올라온 글들 역시 대부분 기대감을 숨기지 못하는 것들 뿐이었다.

흥행의 아이콘 강도영.

그의 존재는 이렇게 특별했다.

                    *   *   *

'천년의 사랑' 시청률은 8회가 지날 때부터 40%를 넘겼는데 그건 일본 쪽과 중국 쪽도 비슷했다.

그야말로 다시 한 번 신화가 쓰이고 있었다.

일본과 중국 쪽에서는 강도영의 인기가 하늘을 찌르며 치솟았다.

예전부터 한류 스타로 이름이 높았으나 대한민국과 동시에 '천년의 사랑'이 방송되면서 강도영은 일본과 중국에서도 엄청난 인기를 얻었다.

페이스의 대표 이승환은 '천년의 사랑' 촬영이 종반으로 치닫자 강도영의 스케줄을 계획하느라 부산하게 움직였다.

앞으로 촬영은 2회 분량만 남았기 때문에 3주 후면 강도영은 자유의 몸으로 풀려나게 된다.

반년 이상 촬영으로 고생했기 때문에 휴식 시간을 줘야 했지만 강도영을 찾는 곳은 수없이 많았다.

물밀듯 들어오는 광고는 물론이고 정부 부처 여러 곳에서 명예 홍보 대사를 원하는 요청이 빗발쳤는데 강도영의 이미지를 감안한다면 무시하기 어려운 곳도 여러 군데였다.

더군다나 공연 기획 팀에서 준비한 콘서트를 준비하는 것도 보통 일이 아니었다.

페이스는 주로 배우들의 매니지먼트만 해왔기 때문에 막상 공연 기획 쪽으로 들어가자 난관에 부딪히는 일들이 한두 개가 아니었다.

매일같이 윤철욱과 머리를 맞대고 상의하는 것도 그런 이유 때문이었다.

삐리링, 삐리링.

인터폰이 울린 것은 탁자에 서류를 펼쳐놓고 두 사람이 끙끙거리며 의견을 나누고 있을 때였다.

"누구라고?"

―며칠 전 전화하셨다고 하던데요. 일본 JR의 사사끼 사장님이시랍니다.

"아……"

이승환이 비서의 음성을 들으며 황당하다는 표정을 지었다.

그녀의 말대로 한 통의 전화를 받은 적이 있었다.

전화를 해온 것은 젊은 목소리였는데 일본 최대의 공연 기획사 JR의 사장이 조만간 만나볼 수 있기를 기대한다는 내용이었다.

사실 이승환은 JR이 어떤 회산지 몰랐기 때문에 알았다고만 대답하고 전화를 끊었다.

요즘 그를 찾는 전화가 하루에도 수십 통씩 들어와서 웬만한 전화는 건성으로 대답하는 게 버릇이 되었기 때문이다.

그저 그런 전화 중의 하나라고 생각했는데 이렇게 직접 찾아올 줄은 몰랐다.

"들어오시라고 해."

이승환이 말을 끝내고 서류를 정리하기 시작했다.

워낙 어지럽게 서류가 펼쳐져 있었기 때문에 이런 상태에서 손님을 맞아들이기 어려웠다.

두 사람이 대충 서류를 정리했을 때 머리가 반백인 신사가 젊은 남자를 대동하고 들어오는 것이 보였다.

일어나 악수를 청하자 신사가 마주 손을 내밀어 왔다.

신사의 일본 말은 옆에 있던 젊은 남자로 인해 알아들을
수 있었다.

"불쑥 찾아와서 죄송합니다. 저는 JR기획의 대표 사사끼라
고 합니다."

"반갑습니다. 그런데 무슨 일로……."

"단도직입적으로 말하죠. JR기획은 일본 최대의 공연 기획
사로 일 년 매출액이 500억 엔이 넘는 회삽니다. 우리는 강도
영 씨의 일본 공연을 추진하고 싶습니다."

"일본 공연요?"

"그렇습니다. 허락만 해준다면 개런티로 10억 엔을 드리겠
소. 물론 콘서트 준비는 우리 쪽에서 다 할 테니 강도영 씨는
와서 노래만 불러주면 됩니다."

사사끼의 말에 이승환과 윤철욱이 입을 떡 벌렸다.

10억 엔이면 우리나라 돈으로 100억이다. 더군다나 콘서트
준비까지 모두 해준다면 이건 완전히 횡재나 다름없다.

콘서트는 드라마나 영화 촬영과 달리 단기간에 돈을 벌수
있는 고부가가치 산업이었다.

물론 과정에서 준비하는 일들이 산더미처럼 많기 때문에
공연 기획이 쉽지 않지만 JR에서 모든 준비를 대신 해주는 조
건이라면 사사끼 말대로 강도영은 노래만 하면 된다.

하지만 이승환은 덥석 미끼를 물지 않았다.

그는 노련한 사업가였고 절대 쉽게 일을 처리하는 사람이 아니었다.

"조건은요?"

"콘서트 3회에 일본 방송 출연 2회가 포함되어 있습니다. 일정은 전부 합해 일주일입니다."

이 정도면 좋은 조건이다. 단 일주일 만에 100억을 벌어들이는데 이 정도 조건이라면 최상이다.

이승환의 얼굴이 조건을 들은 후 밝아졌다.

그러나 그의 입에서 나온 것은 허락이 아니었다.

"좋은 조건이군요. 그러나 우리는 JR이 어떤 회사인지 아직 모르고 있습니다. 조만간 다시 연락을 주시죠. 그리고 그때는 세부 계획도 같이 봤으면 좋겠습니다. 어디서 어떤 콘서트를 하는 건지, 텔레비전에 출연한다고 했는데 어떤 프로그램인지 정확히 알아야 결정할 수 있지 않겠습니까?"

*   *   *

'천년의 사랑'이 대박을 터뜨리면서 인기를 끈 건 강도영뿐만이 아니었다.

여주인공인 서정은은 강도영의 연인으로 등장하면서 발랄하고 청초한 모습으로 많은 사랑을 받았고 그녀를 짝사랑하는 문인석도 안타까운 눈빛으로 인기를 끌었다.

하지만 가장 혜택을 본 건 서현탁이었다.

그는 강도영의 친구 역을 맡으면서 신인답지 않게 넉살스럽고 코믹스러운 연기로 대중의 눈도장을 확실하게 찍으며 얼굴을 알렸다.

요즘 정인화는 행복해서 죽을 지경이었다.

신랑인 서현탁이 본격적으로 꿈에 그리던 배우의 길로 들어섰기 때문이다.

강도영의 매니저를 하면서 말도 안 되는 돈을 벌어왔지만 속으로는 언제나 답답함이 자리 잡고 있었다.

그녀 역시 서현탁과 같은 고민을 하고 있었던 것이다.

배려라는 말은 좋은 단어였지만 노력 없는 대가를 계속해서 받는 건 부담스러운 일이었다.

아무리 둘도 없는 친구라 해도 돈이라는 괴물 앞에서 우정이 손상되는 건 손바닥으로 담배 연기를 날려 버리는 것보다 훨씬 쉬운 일이다.

'천년의 사랑'에 서현탁이 출연한다는 소식과 강도영의 매니저를 그만뒀다는 사실을 듣게 되었을 때 그녀가 누구보다 기뻐한 것은 그런 이유가 있었기 때문이다.

오랜 세월 두 사람의 우정을 지켜봤고 서서히 더 이상은 안 된다는 생각을 가지고 있었다.

단순히 로드 매니저를 하면서 강도영으로부터 받은 돈이 지금까지 20억이나 되었으니 먹고사는 데는 지장이 없다.

그랬기에 그녀는 서현탁이 혼자의 힘으로 살아갈 수 있기를 진심을 바랐다.

떵동.

저녁을 먹고 아기를 돌보며 시간을 보내던 정인화가 초인종 소리에 급히 현관으로 달려 나갔다.

서현탁이 촬영을 마치고 들어왔기 때문이다.

"늦었네?"

"응, 촬영이 조금 늦게 끝났어."

"고생했어. 밥은?"

"도영이랑 먹고 왔어. 감자탕."

"이 사람들은 맨날 그런 것만 먹더라. 연예인들이 좀 고급스럽게 놀 수 없어?"

"우린 컨트리 스타일이 좋아. 스파게티나 스테이크, 이런 걸 먹으면 속이 메스꺼워."

"오죽하겠니. 얼른 씻어. 애기 그냥 만지지 말라니까!"

히죽 웃으며 서현탁이 이제 뒤뚱거리며 다가오는 딸에게 다가가자 정인화가 소리를 빽 질렀다.

그녀는 위생 하나는 철저하게 지켜서 밖에서 일하던 손으로는 절대 딸을 만지지 못하게 했다.

샤워를 하고 거실로 나오자 정인화가 어느새 맥주와 안주 거리를 준비해 놓고 기다리고 있었다.

"아이고, 우리 마나님. 시청할 준비가 끝나셨군요. 그런데 왜 당신은 꼭 드라마를 볼 때면 맥주를 마셔?"

"그래야 집중이 잘 돼. 맥주 마시면서 우리 여보 나오는 거 보는 게 난 제일 행복해."

"크크크… 인화 씨, 천년의 사랑 시작하고 살쪘어. 그런 핑 계로 맥주 계속 마시면 곧 뚱땡이 아줌마 될 거다."

"나 정말 살쪘어?"

"아니, 보기 딱 좋아."

"이씨, 그렇게 말하는 거 보니까 정말 살 쪘나 보네. 오늘만 마시고 맥주 끊어야겠다. 신랑한테 사랑받으려면 몸매 관리 해야지."

"당신은 워낙 말라서 살 좀 쪄도 돼."

"정말?"

"그럼, 난 거짓말 못 하는 사람이야."

말은 그렇게 했어도 이상하게 허공에 붕 뜬 느낌이다.

세상에 마누라가 뚱뚱한 걸 좋아하는 남자가 어디 있겠는 가. 서현탁이 딸 아리를 치켜들고 어르는 걸 보면서 정인화가 자신의 옆구리를 손으로 쓰다듬었다.

살 쪘다는 말을 들어서 그런가, 왠지 옆구리 살이 삐져나온 느낌이 들었다.

세 식구가 장난을 치면서 행복한 시간을 보내는 동안 시간이 되어 천년의 사랑이 시작되었다.

요즘 정인화는 완전히 드라마 광팬이 되어 있었는데 남편인 서현탁이 출연한다는 이유도 있지만 '천년의 사랑'이 너무나 흥미롭고 재밌었기 때문이다.

화면에서 강도영과 서현탁이 툭탁거리며 싸우는 장면이 나왔다.

둘은 평범한 집안에서 태어나 고등학교 때부터 친구라는 설정이었는데 특히 서현탁의 익살이 웃음을 자아냈다.

"호호호… 두 사람 하는 짓이 현실하고 똑같아. 어쩜 저렇게 똑같을 수 있지?"

"똑같긴 뭐가 똑같아. 하나도 안 똑같구만."

"뭐가 안 똑같아?"

"도영이는 매력적으로 나오고 나는 푼수로 나오잖아. 실제로는 정반댄데 말이지."

"헉, 여보야. 지금 그 말 진심이니?"

＊　　　　＊　　　　＊

'천년의 사랑' 마지막 장면은 재벌가 자식으로서의 모든 특권을 버리고 서정은이 강도영을 따라 제주도로 내려가는 장면이었다.

갖은 역경과 고난을 이겨내고 사랑을 선택한 두 사람이 제주도의 푸른 바다를 바라보며 오솔길을 걸어가는 모습이 저녁노을을 맞으며 너무나 아름답게 펼쳐졌다.

두 사람이 걸어가는 장면은 한 폭의 그림처럼 아름다웠다.

"컷, 오케이! 수고했습니다."

마지막 감독의 오케이 사인이 나오자 촬영장에 모여 있는 모든 스태프와 배우들이 박수를 치며 환호성을 질렀다.

장장 6개월의 촬영이 모두 끝났던 것이다.

강도영은 먼 곳에서 감독의 사인이 떨어지며 사람들이 환호성을 질러대자 싱그러운 웃음을 지으며 서정은을 바라봤다.

"수고했어요, 정은 씨."

"오빠도 수고하셨습니다. 덕분에 즐거운 추억을 갖게 되었어요."

"오히려 제가 고맙죠."

두 사람은 스태프들이 있는 쪽으로 돌아오기 위해 오솔길을 되짚어 걸어오며 이야기를 나눴다.

원거리에서 주변 정경과 컷을 잡기 위해 두 사람만 떨어져 있었기 때문에 스태프들이 있는 곳까지는 100m나 떨어져 있었다.

강도영이 인사만 마치고 묵묵히 걸어가자 그 옆모습을 서정은이 흘끔거리며 훔쳐봤다.

영광이다. 이런 대배우와 같이 연기했다는 경험은 그녀 인생에 커다란 추억으로 남을 것이다.

그럼에도 막상 드라마의 촬영이 끝나자 아쉬움이 몰려왔다.

그를 더 이상 볼 수 없다는 허전함.

대스타였으나 그는 언제나 촬영에 임하는 자세가 정열적이었고 스태프들이나 배우들에게 언제나 겸손함을 잃지 않았다.

촬영을 하면서 그녀를 바라보는 눈빛은 앞으로 살아가는 동안 절대 잊지 못할 것이다.

연기라는 걸 알면서도 그 눈빛을 맞을 때마다 가슴이 설렘으로 두근거렸다.

떨리는 가슴으로 용기를 내어 식사를 하자는 요청을 했으나 강도영은 그녀와의 식사를 절대 허락하지 않았다.

처음에는 몰랐으나 나중에야 알 수 있었다.

드라마에서 사랑하는 사이였으니 현실에서 같은 자리를 하게 되면 혼돈으로 인해 실수하게 될지도 모른다는 생각을 강도영은 가지고 있었던 게 분명했다.

그녀가 간절히 바란 것을 강도영은 결코 원하지 않았다는 뜻이다.

9시 뉴스에서 사귀는 사람이 있다고 공언한 강도영은 정체가 베일에 싸인 그녀를 정말로 사랑하는 것 같았다.

부러웠다.

이 가슴에 들어 있는 설렘을 하나의 추억으로 남기고 헤어져야 한다는 것이 너무나 아쉬웠다.

그럼에도 그녀는 걸어가는 동안 마지막으로 그를 향해 조심스럽게 입을 열었다.

강도영의 마음을 알았으니 어쩌자는 것이 아니었으나 입에서 나온 말은 떨림으로 무섭게 흔들렸다.

"도영 오빠, 우리 촬영도 끝났는데 오늘 저녁 같이해요. 밥만 먹고 총알같이 보내주면 되잖아요."

"그래요. 내가 이 근처에 맛있는 집 알아요. 우리 같이 분위기 좋은 곳에서 가서 맛있는 거 먹어요."

                    *   *   *

이승환은 일본의 공연 기획사 JR에서 보내온 서류를 꼼꼼히 살피다가 고개를 갸웃거렸다.

그들이 제시한 3번의 콘서트는 일본의 3대 도시인 도쿄, 오사카, 나고야에서 열리는데, 세 군데 전부 돔 경기장을 무대로 잡았고 입장 인원이 5만 명 넘는 장소였다.

문제는 2번의 텔레비전 출연이었다.

하나는 가요 프로그램에 나와 3곡을 부르는 조건이었고 하나는 예능 프로그램이었다.

이승환이 의문을 가진 것은 예능 프로그램이었다.

'스타와 함께'란 이름을 가진 프로그램의 정체가 어떤 건지 진행 방식이 어떻게 진행되는지 알 수 없었기 때문이다.

"이 새끼들, 이거 엉뚱한 짓 하는 건 아니겠지?"

"엉뚱한 짓이라뇨?"

"도영이한테 곤란한 질문을 하거나 이상한 거 시킬 수도 있잖아."

"프로그램 이름이 '스타와 함께'니까 우리나라 예능과 비슷하지 않겠습니까. 사장님, 요새 너무 예민해진 것 같아요."

윤철욱이 걱정도 팔자라는 얼굴로 쳐다보자 이승환이 한숨을 길게 내리쉬었다.

맞는 말이다.

강도영으로 인해 정신없이 움직이다 보니 요즘 들어 신경이 날카로워진 건 사실이었다.

"윤 실장 생각에는 어때?"

"당연히 해야죠. 100억이 누구 집 애 이름입니까."

"이놈들 말로는 계약하면 5개월 이내에 공연을 해야 된다고 하는구만. 준비할 것도 많은데 꽤 서두르는 것 같아."

"그 자식들도 급하겠죠. 강도영의 인기가 최고조에 달했을 때 공연을 개최하고 싶을 겁니다."

"한 번 공연할 때마다 2시간, 3곡당 한 번씩 지들이 준비한 게스트를 출연시킨다니까 콘서트 조건도 나쁘지 않아. 놈들이 요구하는 건 도영이가 복면가왕에서 불렀던 곡들을 불러달라는 거야."

"굿이네요. 어차피 준비되어 있는 거니까 우리 쪽에서 봤을 때 잘된 거 아닙니까?"

"조건이 너무 좋아서 이상하게 찜찜해. 아, 도대체 이 찜찜함의 정체가 뭔지 모르겠네."

"예민해져서 그렇다니까요. 사장님, 일단 계약부터 합시다. 계약 조건은 법무실 쪽에 철저히 검토하게 만들면 되니까 전혀 하자가 생길 일은 없어요."

"도영이 의견도 들어봐야지."

"도영이한테는 제가 슬쩍 언질을 해놨습니다."

"좋아, 그럼 들어오라고 그래. 도영이 의견 들어보고 계약하는 걸로 하자고."

＊　　　　　＊　　　　　＊

강도영과 서현탁이 페이스로 들어온 것은 '천년의 사랑' 촬영이 끝나고 일주일이 지난 후였다.

둘은 촬영이 끝나자 제주도에 머물며 휴식을 취하다가 어제 서울로 돌아왔는데 이승환의 콜이 날아왔던 것이다.

사무실로 들어서지 사무실을 빽빽이 채우고 있던 직원들이 분분히 인사를 해왔다.

인생은 알 수 없다고 하더니 이곳에 처음 들어왔을 때와는 천양지차의 대우였고 반응이었다.

천천히 걸어 들어가자 윤철욱이 반갑게 마중 나오며 그들을 사장실로 이끌었다.

이승환의 반응도 다르다.

강도영이 들어서자 그는 소파에서 벌떡 일어나 문 앞까지 다가왔다.

"도영아, 수고했다."

"뭘요, 늘 하던 건데요."

"지금 인터넷이 온통 난리야. 천년의 사랑 때문에 일본하고 중국 쪽도 발칵 뒤집혔어. 그쪽도 시청률이 40% 가까이 나온 모양이다."

"잘됐네요. 이수현 작가님이 워낙 대본을 잘 쓰셔서 그럴 겁니다."

"그럴 수도 있지만 결국 모든 초점은 너한테 몰리게 되어 있어. 너는 이번 드라마로 동아시아 쪽에서는 최고 인기 스타가 됐다."

"하하하… 사장님, 너무 띄우지 마세요. 저 어지러워요."

"사실인데 뭐. 그리고 현탁이도 정말 잘했어."

"다 사장님 덕분입니다."

"너한테 전담 매니저를 오늘부터 붙일 거다. 워낙 네가 연기를 잘해서 몇몇 영화와 드라마에서 벌써부터 출연 타진이 오고 있어."

"정말입니까?"

"그럼 내가 거짓말하겠냐. 너를 도영이하고 같이 오란 건 출연 확정이 된 게 있기 때문이야. TCN 예능 프로그램에서 너를 출연시키고 싶다며 섭외가 왔다."

"아이고, 그럴 리가요."

"진짜니까 준비해. 너는 얼굴을 더 알려야 하니까 부지런히 출연해야 된다. 이번 기회에 완전히 떠야 한다고."

"고맙습니다. 열심히 하겠습니다."

서현탁이 감격스러운 얼굴로 이승환을 향해 고개를 숙였다.

그는 강도영과 다르다.

이제 막 연기를 시작한 신인이었으니 어떡하든 대중들에게 얼굴을 알리는 게 중요했다.

먼저 서현탁에 대한 이야기를 마친 이승환이 고개를 돌리며 강도영을 바라봤다.

원래 사업가는 중요한 이야기를 나중에 하는 법이다.

"도영아, 너한테 말할 게 있다."

"말씀하세요."

"윤 실장이 잠깐 말했다고 하던데… 일본 최대의 공연 기획사 JR에서 너에게 콘서트 제의가 들어왔어. 개런티는 100억, 콘서트는 3회를 하는 조건이다."

"그 사람들이 절 어떻게 알고……."

"아까 말했잖아. 지금 네 인기는 일본에서도 폭발적이야. 공연은 앞으로 5개월 후다. 네가 부를 노래는 따로 준비하지 않아도 될 것 같아. 그쪽에서 복면가왕 때 부른 노래를 준비한다고 했으니까 우리한테는 최고의 조건이다."

"괜찮군요."

"할 테냐?"

"하겠습니다, 일본 돈은 얼마나 맛있는지 먹어봐야죠."

제50장
네가 부르면 나는ㅣ

　TCN의 예능 프로그램 '즐거운 토요일'은 주말 황금 시간대에 방송되는 인기 프로그램으로 화제가 되는 연예인들을 초청해서 토크와 게임을 병행하는 콘셉트로 진행된다.

　오늘 초청된 연예인은 '천년의 사랑' 여주인공을 맡은 서정은과 감초 역할로 인기를 끈 서현탁, 복면가왕에서 몬테크리스토 백작이 강도영이라는 사실을 모른 채 대놓고 데이트 신청을 했던 인기 걸 그룹 유미진, UFC에서 5연승을 달리며 인기 정상을 달리고 있는 격투기 선수 정병탁이었다.

　요즘 연예 프로그램의 특성은 다수의 진행자가 공동으로

출연한다는 것이었다.

물론 메인 MC는 탁월한 말솜씨가 있는 전문 진행자가 맡지만 가수, 개그맨, 심지어 운동선수까지 포함된 연기자들이 공동 진행자가 되어 프로그램을 이끄는 게 대부분이다.

'즐거운 토요일'은 3대 국민 MC로 꼽히는 강정수가 프로그램을 진행하고 개그맨 유상훈과 마정우, 한때 아이돌 가수로 이름을 날렸던 지현도가 고정 출연 중이다.

오늘 녹화는 다른 때와 달리 압구정동에 있는 레스토랑에서 진행되었는데 식사를 하면서 진행하는 것으로 계획되어 있었다.

오프닝을 맡은 강정수가 특유의 따발총 같은 말투로 프로그램의 시작을 알리자 패널들이 환호성을 질러 분위기를 살렸다.

                    *   *   *

"강도영이 나왔으면 분위기 끝내줬을 텐데 아쉽구만."

"잘 아시면서 그러세요. 그 자식은 얼마나 도도한지 섭외가 하늘의 별따깁니다. 씨발 놈, 지가 인기가 있으면 얼마나 있다고 그 지랄인지 모르겠어요."

'즐거운 토요일' 담당 PD 서정택이 입맛을 다시자 옆에서 오프닝을 지켜보고 있던 조연출 방창식이 투덜거렸다.

사실 이번 주 녹화에 출연 섭외 1순위는 강도영이었으나 페이스 측에서는 콧방귀조차 뀌지 않았다.

서현탁이 출연한 것은 강도영의 대타 성격이 강했다.

'천년의 사랑'이 현재 엄청난 인기를 얻으며 대박을 터뜨리고 있는 중이었지만 사실 서현탁 정도의 레벨로 주말 골든 타임에 방송되는 '즐거운 토요일'에 출연한다는 건 전례가 없을 정도였다.

강정수를 비롯해서 공동 진행을 맡고 있는 연기자들은 작가들이 써준 내용들을 중심으로 웃고 떠들며 시끌벅적한 분위기를 만들어내고 있었다.

워낙 베테랑들이기 때문에 특별한 주문이 없어도 분위기를 살리는 데는 도가 튼 사람들이었다.

"우리 생각대로 될까?"

"쉽지는 않겠지만 가능성은 있습니다."

"쩝, 와주기만 하면 이번 주 시청률은 대박일 텐데……."

"서현탁은 조명기를 적어 냈습니다. 놈은 미리 조명기한테 와달라고 부탁을 해놨지만 상황 봐서 조명기를 아웃시키겠습니다. 어차피 조명기 정도는 와봤자 시청률에 도움이 되지 않으니까요."

방창식이 표정을 굳힌 채 말을 끝내고 서정택의 의견을 눈빛으로 물었다.

미리 계획된 대로 밀어붙이자는 것이었다.

조명기는 '천년의 사랑'에 출연한 조연급 연기자였다.

서현탁과 어떻게 친해졌는지 알 수 없지만 방창식의 말대로 조명기는 와봤자 아무런 도움이 되지 않을 것이다.

오늘 '즐거운 토요일'에서 마련한 게임은 식사를 하면서 토크를 한 다음, 출연자들하고 가장 친한 동료들과 전화 통화를 하게 만들어서 녹화장으로 오도록 하는 것이었다.

거기에 서현탁은 프로그램에 전혀 도움이 되지 않는 조명기를 적어냈다.

가소로운 짓이다.

물론 자칫 프로그램에 지장이 생길 수도 있으나 어차피 서현탁은 그런 용도로 출연시켰으니 끝까지 베팅해 볼 필요가 있었다.

그럼에도 서정택이 주저한 것은 PD로서 원만하게 프로그램을 진행시켜야 된다는 책임감 때문이었다.

"과연 될까?"

"베팅은 할 때 해보는 겁니다. 더군다나 서현탁이 강도영을 불러내지 못한다 해도 우리로서는 손해 볼 게 하나도 없습니다. 아무도 불러내지 못하는 서현탁을 바보로 만들어서 재밌는 장면을 만들어내면 되니까요."

"아우, 씨발, 머리 아퍼."

"고 합니까?"

"좋아, 가자. 그거 하나 빵꾸 낸다고 프로그램이 망하기야 하겠냐. 네가 가서 강정수에게 언질을 줘라. 강정수는 눈치가 빨라서 대충만 말해도 알아먹는 놈이니까 알아서 할 거다."

*   *   *

강정수의 소개로 초청 손님들이 하나씩 들어서자 패널들이 난리 블루스를 췄다.

맨 먼저 소개된 것은 서정은이었다.

그녀는 '천년의 사랑' 히로인답게 매력이 철철 넘치는 아름다운 모습으로 나타났는데 남자들로만 구성된 연기자들은 레스토랑 땅바닥이 꺼질 정도로 방방 뜨면서 그녀를 반겼다.

두 번째로 소개된 유미진도 마찬가지였다.

그녀는 걸 그룹답게 무대로 나오며 경쾌한 음악에 맞춰 춤을 췄는데 연기자들은 그녀의 옆에서 촐싹거리며 분위기를 바짝 끌어 올렸다.

격투기 선수 정병탁이 무대로 나섰을 때도 연기자들의 반응은 뜨거웠다.

요즘 들어 UFC에서 연승 가도를 달리고 있는 정병탁은 대중들에게 워낙 뜨거운 인기를 얻고 있어 핫맨으로 통하는 사람이었다.

서현탁은 맨 마지막에 소개됐다.

어이없는 일이지만 서현탁에 대한 강정수의 소개가 다른 사람들에 비해 확연하게 짧았다.

물론 소개할 내용이 없을 수도 있었겠으나 다른 사람들에 비해 비중이 적다는 걸 단박에 느낄 수 있을 정도로 짧은 소개였다.

출연자 소개가 끝나고 간단한 인사가 진행된 후 본격적인 토크가 진행되었다.

강정수와 패널들이 번갈아가며 질문을 하고 출연자들이 대답하는 방식이었다.

당연히 서정은과 서현탁에게는 '천년의 사랑'에 대한 질문이 대부분이었는데 촬영에 관한 에피소드와 연기에 관한 것들이었다.

"정은 씨, 이제 드라마가 종반을 향해 달려가고 있는데 저번 방송이 시청률 46%를 찍었어요. 이런 인기의 비결이 뭐라고 생각합니까?"

"워낙 이수현 작가님의 대본이 좋고 배우들이 열연을 했기 때문이라고 생각해요."

"그거 자화자찬이죠?"

"호호… 맞아요."

"정말 궁금해서 그러는데 결국 강도영 씨와 사랑이 이뤄지나요?"

"에이, 그건 비밀이죠."

"그럼 살짝만 귀에다 대고 말해봐요. 다른 사람은 절대 못 듣게 말이죠."

강정수가 익살을 떨면서 서정은의 얼굴을 향해 귀를 가져다 댔다.

그러자 패널들이 생난리를 쳤다.

어디서 못생긴 얼굴을 여신한테 들이대냐며 소리를 쳤는데 그 행동 하나로 녹화장이 웃음바다로 변했다.

강정수의 입이 다시 열린 것은 격렬한 몸부림으로 그가 패널들의 반란을 진압한 후였다.

"정은 씨 하나만 물어볼게요. 지금 강도영 씨와 같이 촬영하잖아요. 정은 씨가 봤을 때도 그렇게 매력적인가요?"

"그럼요. 완전 짱이에요. 강도영 씨는 연기를 할 때 보면 정열적이고 사람들한테도 정말 잘해줘요. 저도 여자지만 정말 매력적이에요."

"서현탁 씨?"

"네."

"현탁 씨가 봤을 때도 그래요?"

"전 여자가 아니라서 잘 모르겠는데요."

재치 있는 서현탁의 대답에 녹화장에 다시 웃음꽃이 피었다.

서현탁은 텔레비전에 처음 나온 사람답지 않게 프로그램의 진행을 유심히 지켜보며 분위기를 파악해 나가고 있었다.

"우리 정보에 의하면 현탁 씨가 강도영 씨하고 친하다던데 정말입니까?"

"맞습니다. 오랫동안 제가 강도영 씨의 매니저를 했거든요. 연극도 같이 시작했고요."

"우와, 그럼 정말 친하겠군요. 현탁 씨 연기 경력은 얼마나 되죠?"

"연극 때부터 따지면 11년 됐습니다."

"흥행 대박을 터뜨렸던 광개토대제 출연 후에 신비한 남자를 통해 시청자들에게 눈도장을 꽉 찍으며 인기를 얻어가고 있습니다. 소감 한마디 해주시죠."

"얼떨떨한 기분입니다. 제 연기를 좋게 봐주셔서 감사하고요, 앞으로도 좋은 연기 보여 드릴 수 있도록 노력하겠습니다."

"강도영 씨와 오랜 친분을 가지고 있다는데 혹시 강도영 씨 약점 같은 거 알고 계신가요. 예를 들면 코골이가 심하다든가?"

"하하하… 강도영 씨는 생긴 것과 다르게 컨트리 스타일입니다. 제일 좋아하는 건 라면이고요, 소고기보다 삼겹살을 좋아합니다. 저는 여자들이 그런 강도영 씨를 좋아하는 게 상당히 불만이에요. 저는 스파게티와 스테이크를 좋아하거든요.
생긴 것도 이만하면 강도영 씨 못지않게 잘생겼으니까 앞으로
는 저를 사랑해 주셨으면 좋겠습니다."

"아이고!"

강정수가 서현탁의 김밥 옆구리 터지는 소리에 곡소리를
냈다.

패널들은 물론이고 출연했던 서정은과 유미진까지 깔깔 웃
으면서 전부 다 한마디씩 했는데 그런 난리가 없었다.

한바탕 웃음소리가 끝나자 이번에는 강정수의 질문이 유미
진에게 향했다.

"미진 씨는 복면가왕에 출연하면서 몬테크리스토 백작의
정체도 모르는 채 데이트 신청을 한 것 때문에 유명세를 치렀
는데요. 전혀 정체를 눈치채지 못한 거죠?"

"그럼요. 설마 강도영 씨가 나올 줄 누가 알았겠어요."

"그런데도 그렇게 매력적이었던가요?"

강정수의 질문은 여전히 강도영에 관한 것으로 집중되어 있
었다.

어쩌면 당연한 것인지도 모른다.

여기 나온 사람들은 격투기 선수 정병탁을 제외하고는 전
부 강도영과 연결되어 있었기 때문이다.

더군다나 강도영은 대한민국 최고의 슈퍼스타였기 때문에

상품성 측면에서 최고였다.

유미진도 그런 것을 잘 알고 있었다.

그녀가 주말 골든 타임에 방송되는 '즐거운 토요일'에 출연한 것도 모두 강도영 때문이었기에 강정수의 질문에 충실한 대답이 필요했다.

"텔레비전 방송에서 듣는 것과 현장에서 실제로 듣는 건 어마어마한 차이가 있었어요. 몬테크리스토 백작의 노래를 들으면 정신을 차릴 수가 없었거든요. 복면을 쓰고 있는데도 빠져들었어요. 노래 하나만 가지고도 남자에게 매력을 느낄 수 있다는 걸 그때 처음 알았어요."

"원래 미진 씨는 녹화에서 빠지는 것으로 되었다가 본인이 강력히 희망해서 나중에 다시 참여했다면서요?"

"그분의 노래가 더 듣고 싶었어요. 그리고 한번 마음을 뺏기니까 계속 보고 싶은 거예요. 그래서 복면가왕 PD님한테 사정해서 다시 출연했어요."

"몬테크리스토 백작의 정체가 강도영 씨라는 걸 알았을 때 어땠나요?"

"기절할 뻔했어요. 옆에 있던 수연 언니하고 손을 꼭 잡고 정체가 밝혀지기를 기다렸는데 강도영 씨가 걸어 나오는 거예요. 얼마나 놀랐는지 다리에 힘이 풀려서 주저앉았어요. 정말 그때처럼 놀란 적은 태어나서 처음이었어요."

"하하하… 그렇군요. 그럼 몬테크리스토 백작이 강도영 씨라는 걸 안 후에 데이트 신청 해봤어요?"

"아뇨, 정체를 안 후에는 깨끗하게 포기했어요. 만약 제가 계속 데이트하자고 우겼다면 아마 강도영 씨 팬들한테 맞아 죽었을걸요?"

*   *   *

출연자들과의 토크는 거의 2시간 동안 진행되었는데 중간에 파스타와 스테이크, 와인이 나와 식사를 하면서 이어졌다.

녹화는 2시간이나 걸렸지만 막상 방송으로 나가는 것은 아마 30분 정도일 것이다.

2부 격인 게임이 진행되기 시작한 것은 녹화가 시작된 지 3시간이 지난 후였다.

아직도 녹화가 마무리되기까지는 상당한 시간이 필요했다.

시간은 저녁 8시가 훌쩍 넘었는데 출연자들이 지인들에게 전화를 하고 녹화가 진행되는 레스토랑까지 초대 손님이 오기까지는 꽤 많은 시간이 걸릴 게 분명했다.

미리 알고 나왔지만 출연자들은 지인들에게 전화하면서 긴장한 기색이 역력했다.

막상 전화를 했을 때 받지 않는 경우가 생길 수도 있기 때문이었다.

게임 룰은 간단했다.

통화가 끝난 후 1시간 이내에 레스토랑에 지인이 도착하면 성공한다는 것이었다.

서정은은 친하게 지내는 탤런트 변정우에게 전화했는데 다행스럽게 통화에 성공해서 무사히 초청이 이루어졌다.

그건 유미진과 정병탁도 마찬가지였다.

미리 언질을 해놨기 때문인지 두 사람도 몇 번의 통화 끝에 지인들을 초청하는 데 성공했다.

프로그램을 제작하면서 시청자들을 속이면 안 되지만 PD는 재미를 더하기 위해 시나리오를 짜서 몇 번의 실패를 거듭하게 만든다.

물론 의도적인 것이다.

모든 것이 물 흐르듯 진행되면 시청자들은 긴장감을 느끼지 못하기 때문에 웃음 코드를 만들어내기 위해서는 어쩔 수 없는 트릭이었다.

마지막 순서인 서현탁도 마찬가지였다.

그는 광개토대제에 같이 출연했던 대스타 유혁에게 전화를 했다가 통화에 성공하지 못했고 강민경에게도 전화를 했지만 결국 통화를 하지 못했다.

일부러 만든 트릭이었기 때문에 당황한 표정을 지었지만 그

속에서 웃음을 만들어낼 수 있었다.

하지만 마지막 초청으로 약속되어 있던 조명기까지 전화를 받지 않자 난감함을 감추지 못했다.

미리 몇 시에 전화가 갈 거라며 약속을 했고 전화가 끝나면 와달라고 부탁을 해서 허락까지 얻었으나 그는 끝내 전화를 받지 않았다.

당황스러움 속에서 걱정이 생겼다.

약속까지 한 상황에서 조명기가 전화를 받지 않는다는 건 무슨 일이 생겼다는 걸 의미했기 때문이다.

강정수가 나선 것은 서현탁이 끝내 전화 통화에 실패해서 초청을 하지 못했을 때였다.

"현탁 씨, 다른 사람들은 다 성공했는데 혼자만 실패했네요. 어쩌죠?"

"아… 제가 신인이라 아는 사람이 별로 없습니다. 죄송합니다."

"오늘 초청에 실패하면 여기 식사 비용은 전부 서현탁 씨가 내야 되는데 큰일 났네요. 마지막으로 기회를 한 번 더 드릴게요. 아는 연예인 아무나 와도 괜찮으니까 휴대폰에 저장되어 있는 사람들 한번 찾아보세요."

"그게……."

"아, 참. 서현탁 씨 강도영 씨와 친하다면서요. 한번 해보세요. 혹시 알아요, 통화가 될지."

"도영이는 지금 콘서트 준비 때문에 정신이 없어요. 아마 전화 받지 못할 겁니다."

"그래도 해봐요. 다른 방법 없잖아요."

강정수의 계속된 요청에 서현탁이 한숨을 깊게 내리쉬며 전화기를 노려봤다.

친구, 강도영.

누구보다 그놈을 잘 아는 사람은 바로 자신이었다.

강도영은 텔레비전에 출연하고 돌아올 때마다 가슴을 쓸어내리며 힘들었다는 얘기를 했었다.

자신을 동물원 원숭이처럼 취급하는 진행자와 패널들을 대하면서 많은 자괴감을 느꼈다는 것이다.

친구가 싫어하는 걸 하고 싶지는 않았다.

자신으로 인해 친구가 당황스러운 상황에 빠지는 것은 결코 원하는 게 아니었다.

그럼에도 머릿속에서 수많은 갈등이 일어났다.

그래, 전화 정도는 해도 괜찮지 않을까?

놈은 자신이 전화하면 평소처럼 농담을 하다가 전화를 끊을 것이다.

여기에 오라는 소리는 하지 않을 생각이었다.

오라고 말해도 오지 않을 테지만 '즐거운 토요일'에 출연한 조건으로 강도영과의 통화 정도만 성사시켜도 충분히 성의를 보인 거란 판단이 들었다.

그래서 휴대폰을 들고 강도영의 전화번호를 길게 눌렀다.

따리리링… 따리리링.

방송사의 스태프가 미리 통화 내용을 모두 들을 수 있도록 준비했기 때문에 신호음이 크게 녹화장에 울려 퍼졌다.

침이 꿀꺽 넘어갔다.

서현탁은 신호음을 들으며 잔뜩 긴장한 표정을 지었는데 그것은 녹화장에 있던 패널들과 출연진, 심지어 담당 PD와 스태프들도 마찬가지였다.

찰칵.

신호음이 7번을 넘어가자 긴장 속에서 서서히 아쉬움을 키워가던 사람들이 연결을 알리는 신호에 와락 눈을 부릅떴다.

─현탁, 마이 럽. 너 오늘 방송 나간다더니 웬일로 전화를 다했어. 그새 형이 보고 싶었냐?

영화와 드라마에서 전혀 들을 수 없었던 강도영의 음성.

그 음성에 담긴 것은 편안함과 반가움뿐이었다.

그랬기에 눈을 부릅뜨고 지켜보던 사람들이 오히려 황당한 표정을 숨기지 못했다.

강도영이 이런 농담을 할 줄은 꿈에도 생각하지 못했기 때문이다.

"도영아, 지금 어디니?"

─나, 지금 사장님이랑 콘서트 문제 때문에 JR 관계자 만나러 가는 중이야.

"그렇구나. 그럼 바쁘겠네."

─그렇지, 뭐. 그런데 목소리가 왜 그래. 무슨 일 있어?

"아냐……."

"강도영 씨!"

강도영의 질문에 서현탁이 목소리를 죽이자 갑자기 강정수가 나서며 소리를 쳤다.

전혀 의외의 상황.

다른 사람들이 통화할 때는 그저 지켜만 보던 강정수가 불쑥 튀어나와 강도영을 부르자 서현탁이 당황함을 숨기지 못했다.

─누구시죠?

"저는 '즐거운 토요일'의 MC 강정수입니다. 반갑습니다."

─아, 예.

"전화로 강도영 씨의 목소리를 들으니 무척 반갑네요. 지금 프로그램을 진행 중인데 출연자들의 지인들에게 전화하는 시간을 가지고 있습니다. 서현탁 씨의 지인으로 강도영 씨와 통화가 되었는데 이 기회를 이용해서 시청자 여러분께 인사 한마디 해주시겠어요?"

　─시청자 여러분, 안녕하세요. 강도영입니다. 여러분의 과분한 사랑 때문에 '천년의 사랑'에서 좋은 연기를 펼친 것 같습니다. 앞으로도 최선을 다해서 노력하는 연기자가 되도록 하겠습니다. 감사합니다.

"강도영 씨, 전혀 예상 밖의 전화에 놀라셨죠?"

　─예, 조금. 그렇습니다.

"다름이 아니라 지금 프로그램을 진행하다가 서현탁 씨가 상당히 곤란한 상황에 빠졌어요. 출연자들이 가까운 지인을 초청하기로 했는데 서현탁 씨만 아무도 초청하지 못했거든요."

　─……

그의 말에 강도영이 아무런 대답을 하지 않았다.

너무 의외의 상황이었기 때문에 미처 어떤 말을 해야 할지 갈피를 못 잡고 있는 것 같았다.

하지만 노련한 강정수는 가차 없이 강도영을 몰아붙였다.

"오늘 서현탁 씨가 지인들을 초대하지 못하면 여기 식사 비용을 모두 부담해야 되거든요. 여긴 압구정동에 있는 피렌체라고 고급 이탈리안 레스토랑이라 가격이 만만치 않을 텐데 큰일 났습니다. 강도영 씨가 바쁘더라도 도와주실 수 있으면 좋겠는데요."

　─저기… MC님, 현탁이 좀 바꿔주실 수 있을까요?

"응, 도영아."

―갑자기 무슨 일이냐?

"오늘 오기로 했던 명기 형이 전화가 안 되네. 미안하다. 바쁜 것 같으니까 얼른 끊고 일 봐. 나중에 내가 자세하게 이야기해 줄게."

―식사 비용 내야 된다면서?

"괜찮아. 방송에 나온 기념으로 내가 한턱 쏘면 돼."

―그러지 말고 은서 씨한테 전화해 봐. 오늘 촬영 일찍 끝나고 집에 간다고 했으니까 통화될 거다.

"그렇게 안 해도 돼."

―하라니까! 내 말 듣고 그렇게 해. 알았지?

"…그래."

강도영의 전화는 그렇게 끊어졌으나 서현탁은 그의 말대로 쉽게 전화버튼을 누르지 못했다.

유혁이나 강민경에게는 사전에 양해를 구했지만 신은서는 그렇지 않았다.

아마 불쑥 전화를 하게 되면 그녀는 당황스러움에 실수를 하게 될지도 몰랐다.

하지만 강정수는 그의 망설임을 용납지 않았다.

"현탁 씨, 지금 강도영 씨가 말한 은서 씨는 누구죠. 혹시 신은서 씨를 말하는 건가요?"

"예, 맞습니다."

"와우!"

서현탁이 수긍을 하자 질문을 했던 강정수는 물론이고 패널들이 환호성을 질렀다.

꿩 대신 닭이란 표현이 어울리지 않는다.

신은서는 여자 탤런트 중에서도 최상위 탑을 달리는 워너비 스타였는데 최근 조사한 자료에 의하면 대한민국 성인 남자들이 꿈꾸는 이상형 1위에 오른 여자였다.

강정수가 다시 입을 연 것은 패널들이 흥분으로 인해 환호성을 멈추지 않을 때였다.

"현탁 씨 인맥이 대단하네요. 신은서 씨와는 어떻게 알게 된 거죠?"

"강도영 씨 매니저를 할 때 알게 된 사이예요. 신비한 남자에서 같이 출연했기 때문에 가끔가다 같이 식사를 하면서 알게 되었습니다."

"혹시… 전화를 하면 나오실 수 있을까요?"

"아뇨, 쉽지 않을 거예요. 그분도 엄청 바쁘시잖아요."

"그래도 혹시 모르니 빨리 해보시죠."

강정수와 패널들의 성화에 서현탁이 어쩔 수 없다는 듯 휴대폰을 들었다.

이제 '즐거운 토요일'의 모든 시선은 서현탁에게 몰려 있었다.

전화번호를 누르고 기다리자 통화 중이라는 신호음이 들려왔다. 신은서가 누군가와 전화를 하고 있다는 뜻이었기에 패널들이 아쉬움과 기대감을 동시에 나타냈다.

통화 중이란 건 아예 전화를 받지 않는 것보다 통화 가능성이 훨씬 크기 때문이었다.

베테랑인 강정수는 시시콜콜한 이야기로 시간을 끌었다.

그는 프로그램을 위해 서현탁이 신은서와 통화하는 장면을 기필코 끌어내고 싶었던 모양이다.

강정수가 시간을 한참 끈 후에 다시 번호를 누르고 기다리자 신호음이 길게 울리는 게 들려왔다.

꿀꺽.

강정수는 물론이고 패널들과 출연자들의 침 넘어가는 소리가 여기저기서 새어 나왔다.

그만큼 긴장했다는 뜻이었다.

딸깍하는 소리와 함께 낭랑한 여자의 음성이 수화기를 통해 녹화장을 가득 채운 건 신호음이 5번 울리고 난 후였다.

―여보세요?

"은서 씨, 안녕하세요. 저 서현탁입니다."

―아, 현탁 씨. 어쩐 일이세요?

"제가 지금 즐거운 토요일에 출연하고 있는데 지인들과 통화하는 시간을 가지고 있어요. 그래서 전화를 하게 되었습니다. 혹시 쉬시는 데 방해된 건 아니죠?"

—호호… 절대 아니에요. 현탁 씨 전화는 언제든지 반가운
걸요.

"고맙습니다."

"신은서 씨!"

—어머, 안녕하세요.

이번에도 강정수가 끼어들었다.

그러나 신은서는 강도영과 달리 반갑게 그를 맞아들였다.
마치 알고 있었다는 듯이.

"즐거운 토요일의 강정수입니다. 은서 씨, 정말 반가워요."

—저도 엄청 반가워요. 잘 계시죠?

"하하하… 은서 씨가 안부를 물어주니까 마구 힘이 샘솟네
요. 은서 씨 시청자분들께 인사 한번 해주시죠."

—안녕하세요. 신은서입니다. 이렇게 전화상으로 인사드리
게 되어 정말 죄송하네요. 여러분 덕분에 요즘 바쁘게 지내며
열심히 살고 있어요. 언제나 행복한 시간 되시길 바랄게요. 감
사합니다.

"그럼, 현탁 씨가 할 말이 있다니까 전화 바꿔 드리겠습니다."

—네.

"은서 씨, 사실 제가 무리한 부탁을 해야 되는데 괜찮을지
모르겠네요."

―뭐죠?

"지금 여기가 압구정동에 있는 피렌체에요. 이탈리안 레스토랑인데 프로그램 진행상 지인을 초대해야 된다네요. 죄송하지만 여기… 와주실 수 있나요?"

―음, 알았어요. 현탁 씨가 곤란해지면 안 되니까 제가 갈게요.

신은서가 잠시도 망설이지 않고 흔쾌히 대답하자 녹화장이 한바탕 아수라장으로 변했다.

그녀가 정말 올 거라고 생각한 사람은 아무도 없었다.

서현탁이 그녀를 알고 있더라도 신은서는 레벨이 다르고 환경이 다른 곳에 사는 여자였기 때문이다.

＊   ＊   ＊

"환장하겠네. 저놈 도대체 뭐야?"

"자다가 갑자기 맛있는 꿀떡이 목구멍으로 탁 들어온 느낌입니다. 이거 대박인데요."

"뭔가 이상하지 않아?"

"뭐가요?"

"신은서 같은 애가 저런 놈 부탁을 너무 쉽게 들어줬다는 게 넌 안 이상해?"

"심심했던 모양이죠."

방창식이 고개를 갸우뚱대다가 말을 하자 담당 PD 서정택이 혀를 찼다.

아직 경력이 부족하다.

나름대로 뚝심도 있어 밀어붙이는 힘과 결단력은 뛰어났지만 상황을 보는 눈이 뛰어나지 못했다.

"신은서는 신비한 남자에서 뜨고 난 후 베스트가 된 애야. 그런 애가 너무 쉽게 응했다는 생각이 들지 않아?"

"이상하긴 하지만 결과가 좋잖아요. 강도영을 나오게 만드는 건 실패했지만 신은서라면 완전 성공이라고요. 걔만 나와도 분량이 흘러넘칠 겁니다."

방창식이 기분 좋은 웃음을 마구 흘려냈다.

그는 자신의 판단과 결단력으로 신은서라는 월척을 낚았다고 생각하는지 잔뜩 흥분한 기색을 감추지 못하고 있었다.

그런 방창식을 보면서 서정택이 눈을 오므렸다.

아무리 생각해도 뭔가 있다.

식사 몇 번 한 것 가지고 이렇게 쉽사리 톱스타 중의 톱스타인 신은서가 달려온다는 건 상식적으로 맞지 않는 일이기 때문이었다.

*   *   *

강도영은 이승환과 승용차의 뒷자리에 타고 명동으로 향하다가 서현탁의 전화를 받았다.

일본 최대 공연 기획사 JR의 대표 사사끼가 강도영을 직접 만나보고 싶어 했기에 명동호텔 커피숍으로 향하는 중이었다.

미리 실무 협상을 한 끝에 2주 전에 콘서트 계약을 마쳤는데 페이스 법무실로부터 완벽한 검토를 통해 이상이 없다는 결론을 보고받고 난 후였다.

이승환의 얼굴은 그야말로 활짝 폈다.

강도영이란 슈퍼스타로 인해 벌어들이는 돈이 기하급수적으로 많아지면서 기획사 랭킹이 서열 3위까지 뛰어올랐고 회사의 순이익이 계속 신장되었기 때문이다.

계약을 마친 사사끼의 표정도 흥분으로 가득 차 있었다.

그는 강도영의 일본 공연에 엄청난 기대감을 표시하고 있었는데 공연 계약이 성사되었다는 소식이 일본 언론에 알려지자 한바탕 홍역을 치렀다고 했다.

그만큼 강도영은 일본에서 어마어마한 인기를 얻고 있었다.

"무슨 일이니?"

"현탁이 전화예요."

"현탁이가? 걔는 지금 방송에 녹화 출연 중이잖아?"

"네, 프로그램 촬영하다가 전화를 했네요. 지인들과 통화하는 시간이라면서."

"그걸 왜 너한테 해. 조명기와 하기로 되어 있다고 윤 실장이 그러던데?"

"명기 형이 전화를 받지 않아서 그랬다네요."

"그래도 그렇지… 그래, 뭐라디?"

"거기 강정수 씨가 그러더군요. 제가 가지 않으면 현탁이가 밥값을 내야 된다고 했어요. 현탁이가……."

"그래서 은서한테 전화해 보라고 한 거구나. 잘했다."

이승환이 말을 했으나 강도영은 대답을 하지 않고 밤하늘만 쳐다봤다.

마침 차가 호텔에 도착했기 때문에 이승환도 더 이상 말을 하지 않고 차에서 내렸다.

그는 서현탁에게 신은서를 핑계 대고 전화를 끊은 강도영의 행동이 적정했다고 생각한 모양이었다.

명동호텔의 커피숍은 1층에 있었기에 호텔 정문에서 그리 멀지 않았다.

이승환과 강도영이 나란히 걸어 커피숍으로 들어가자 커피숍 중간쯤에 있던 사사끼가 손을 흔드는 것이 보였다.

여전히 환한 웃음.

그가 특별히 이승환에게 부탁해서 강도영을 보자고 한 것은 직접 보고 싶기도 했고 자신의 회사 홈페이지에 나란히 찍은 사진을 기재하고 싶다는 욕심 때문이었다.

악수를 하고 이승환이 콘서트 준비에 관한 이야기를 사사끼와 나눌 동안 강도영은 말없이 앉아 있었다.

마음이 너무 무거워 이 자리가 바늘방석에 앉아 있는 것처럼 불편했다.

서현탁은… 그냥 친구가 아니라 또 다른 자신이었다.

서현탁이 자신에게 전화를 했을 때는 그놈의 성격상 엄청난 고민을 했을 게 분명했다.

전화를 끊고 신은서에게 전화를 걸어 사정을 간단히 말한 후 무조건 녹화장에 가달라고 부탁을 했지만 여전히 마음은 불편해서 견딜 수가 없었다.

내가 가야 했다, 내가.

다른 누구도 아닌 현탁이가 녹화장에서 당황해하고 부끄러워하는 모습을 보일 거라 생각하자 가슴이 터질 것처럼 아파 왔다.

이승환과 사사끼가 웃으며 이야기하는 모습이 마치 신기루처럼 멀게 느껴졌다.

아무 소리도 들리지 않았다.

오직 그의 머릿속에 들어 있는 건 서현탁이 자신으로 인해 사람들에게 조롱당하는 장면뿐이었다.

사사끼가 자신에게 뭔가 말을 붙여 왔으나 강도영은 대답

대신 자리에서 벌떡 일어났다.

사사끼가 당황하는 모습을 보였으나 아무런 상관이 없었다.

"사장님, 저는 그만 자리에서 일어나겠습니다."

"도영아!"

"급히 가볼 데가 있어요. 저분한테는 미안하다고 전해주시고 제가 다음에 자리를 마련해서 식사 대접을 하겠다고 말해주세요."

강도영이 말을 마친 후 급하게 몸을 돌려 달리기 시작했다.

그의 뒷모습은 소중한 뭔가를 잃어버린 것처럼 급한 마음이 고스란히 담겨 있었다.

*   *   *

신은서는 촬영이 일찍 끝나면서 곧장 본가로 향했다.

오늘은 엄마의 생일이라 집으로 돌아가는 도중에 꽤 비싼 화장품 세트를 샀다.

엄마는 나이가 58살이 되었는데도 참 곱다.

살아오면서 아빠의 사랑을 듬뿍 받았기 때문인지 나이가 들었어도 얼굴에 어두운 기운을 찾아볼 수 없었다.

엄마를 볼 때마다 여자는 결국 남자의 사랑이 행복의 첫 번째 조건이란 걸 느낀다.

생각 같아서는 자신이 직접 엄마의 생일상을 차려주고 싶었으나 이미 집에 들어갔을 때는 저녁 준비가 다 되어 있었다.

엄마와 시집간 언니가 준비해 놓은 것이었다.

가족들과 함께 즐거운 식사를 하면서 이야기꽃을 피웠다.

그녀가 이번에 촬영하는 드라마의 내용에 대한 이야기가 끝나자 곧바로 강도영에 대한 주제로 화제가 돌아갔다.

연일 강도영은 대한민국을 들썩이고 있었기 때문에 가족들은 그녀가 집에 올 때마다 강도영에 대해서 묻는 걸 잊지 않았다.

포문을 연 것은 이제 대학교에 올라가 자유를 만끽하고 있던 동생 신은경이었다.

"도영 오빠, 계속 바빠?"

"촬영 끝나고 지금 콘서트 준비 중이야. 광고도 촬영하면서 콘서트를 준비하느라 눈코 뜰 새 없어."

"허이구, 그렇게 바빠서 어떻게 산다냐. 도대체 얼굴 언제 볼 수 있는 거냐고!"

"보고 싶니?"

"그럼, 당연하지."

신은경이 혀를 낼름 내밀면서 살짝 신경질을 냈다.

그녀는 오래전부터 강도영을 데려오라며 성화를 부렸는데 꽤나 보고 싶은 모양이었다.

하지만 그건 동생뿐만이 아니라 가족 전체에 해당되는 내용이기도 했다.

엄마가 나선 것도 그런 이유다.

"은서야, 너도 벌써 32살이다. 결혼 생각도 해야지. 언제까지 이렇게 지낼 거니?"

"엄마, 도영 씨는 지금 최고의 인기를 얻고 있는 중이야. 지금 결혼 이야기 꺼낼 때가 아니라고요."

"이것아, 넌 어떤데. 걔가 그냥 이렇게 계속 지내자고 해도 좋아?"

"난 괜찮아요. 어차피 우린 사랑하고 있으니까 조금 늦어도 참을 수 있어요."

"아휴, 이게 누구 닮아서 이렇게 맹꽁인 줄 모르겠네."

엄마인 손연숙이 혀를 차며 딸에게 눈을 흘기자 이번에는 신국환이 나섰다.

대학교수답게 신국환은 성격이 진중한 편이라 함부로 딸의 사랑에 대해서 말하지 않았지만 이번만큼은 참기 어려웠던 모양이다.

"은서야, 한 가지만 묻자. 그 친구, 너와 결혼할 생각은 있는 거냐?"

"네, 당연하죠. 벌써 도영 씨 부모님은 저를 며느리로 생각하고 계시는걸요."

"그럼 좋다. 일단 데려와. 이번에는 나도 양보 못 하겠다. 네가 그쪽 부모한테 며느리 취급받는다면 나도 사위 얼굴 좀 봐야겠다."

"맞아!"

신국환의 선언에 신은경이 박수를 치면서 맞장구를 쳤고 엄마와 언니까지 고개를 끄덕이며 동조의 신호를 보냈다.

그러나 신은서는 신국환의 말에 쉽게 대답을 하지 못하고 우물쭈물했다.

그녀가 우기면 강도영은 따라줄 것이다.

워낙 착한 사람이라 부담감은 느끼겠지만 분명히 집으로 찾아와 인사할 게 분명했다.

그러고 싶지 않았다.

바쁜 사람에게 부담 주기 싫었고 스스로 그가 시기를 결정하길 바랐다.

사랑은 강요에 의해서 이루어지는 게 아니기 때문이다.

띠리리링…….

주머니에서 전화벨이 급하게 울린 건 신국환의 마음을 달래주기 위해 그녀가 변명을 늘어놓으려 할 때였다.

액정 화면에 뜬 건 바로 강도영이었다.

오늘 일본 공연 기획사와의 미팅이 있다고 했는데 전화를 해 오자 이상하다는 생각이 먼저 들었다.

이 사람이 자기 이야기를 하는 걸 알고 전화한 걸까.

"도영 씨, 나야."

―급하니까 용건만 말할게. 조금 있다가 현탁이한테 전화가 올 거야. 그놈 지금 텔레비전 프로그램에 출연하는데 지인들과 통화하고 초청해야 되나 봐. 혹시 지금 바빠?

"아니, 난 지금 본가에 와서 밥 먹고 있어. 오늘 촬영 일찍 끝났다고 말했잖아."

오늘이 엄마 생일이란 말은 하지 않았다.

어차피 말해봤자 오지 못할 사람이기 때문에 괜한 말로 부담 주기 싫었다.

더군다나 강도영의 음성에는 다급함이 잔뜩 담겨 있어 무슨 일인지 먼저 들어볼 필요성이 있었다.

―그럼, 미안하지만 은서 씨, 나 대신 은서 씨가 가줘. 내가 가야 하는데 미팅 때문에 어려울 것 같아.

"어딜?"

―촬영장에, 현탁이가 곤란해하고 있어.

"언제까지 가야 하는 건데?"

―압구정동이래. 1시간 이내에 가야 될 거야.

"아휴, 난 화장 다 지웠는데 큰일 났네. 하여간 알았어, 걱정하지 마. 내가 갈게."

―고마워.

안 된다는 소리는 할 수 없었다.

다른 사람도 아니고 서현탁에 관한 일이었으니 강도영이 이렇게 다급해하는 게 이해가 갔다.

오랫동안 지켜본 두 사람의 우정은 친구 그 이상의 감정이란 걸 너무나 잘 알기에 그녀에게도 서현탁은 특별한 존재였다.

제51장
네가 부르면 나는 II

　게임이 진행되면서 출연자들이 초청한 연예인들의 모습이 한 명씩 모습을 드러냈다.

　'즐거운 토요일' 팀은 레스토랑 밖에서 카메라를 대기하고 있다가 지인들이 도착하는 순간을 잡았는데 강정수와 패널들은 녹화장으로 사람들이 들어올 때마다 열렬히 반겨주었다.

　신은서가 도착한 것은 가장 마지막이었다.

　그럼에도 그녀가 얼마나 서둘렀는지 알 수 있을 정도로 신은서의 모습에는 화장기가 담겨 있지 않았다.

　집에서 쉬다가 전화를 받고 다급하게 뛰어왔다는 뜻이다.

그 모습을 보면서 담당 PD 서정택이 황당함을 숨기지 못했다.

다른 사람들과는 다르다.

초청을 받고 온 사람들은 전부 미리 약속이 되어 있었기 때문에 가까운 곳에서 기다리다가 왔지만 신은서는 그야말로 자다가 봉창 두드리는 소리에 불려 나온 것이었다.

톱스타 여배우가 제대로 화장조차 하지 않은 채 뻔히 방송에 나간다는 것을 알면서도 뛰어왔다는 건 서현탁의 존재가 얼마나 중요한지 알려주는 것이었다.

뭔가 이상하다는 걸 눈치챈 건 방창식도 마찬가지였다.

조연출로서 레스토랑 입구에 선 채 초청된 사람들을 맞아들이던 그는 신은서가 나타나 인사를 하자 급히 안내를 하면서도 어리벙벙한 표정을 지었다.

최고의 여배우가 화장조차 제대로 하지 못하고 오다니, 정말 이해가 되지 않는 일이었다.

초청된 사람들을 앉혀놓고 근황에 대해서 물으며 녹화를 진행하던 강정수도 마찬가지였다.

신은서가 정말 왔다는 것에 놀랐고 그녀의 얼굴에 화장기가 담겨 있지 않은 것에 놀람을 감추지 못했다.

그럼에도 열렬하게 환호성을 질렀다.

강정수와 패널들은 정말 신은서가 나타나자 녹화장이 떠나

가도록 환영 인사를 보냈는데 정작 그녀를 초대한 서현탁은 미안함 때문인지 어색한 웃음만 짓고 있었다.

"은서 씨, 고마워요."

"별말씀을 다 하세요. 현탁 씨가 와달라고 부탁했는데 당연히 와야죠."

서현탁의 손을 잡은 그녀가 밝게 웃었다.

그녀는 서현탁의 어색함을 없애주기라도 하려는 듯 포옹까지 했는데 그 모습이 너무나 자연스러웠다.

역시 스타는 스타다.

어느새 녹화장의 센터 자리는 그녀와 서현탁의 차지가 되어 있었다.

강정수와 패널들의 질문이 시작된 것은 그녀가 자리에 앉았을 때부터였다.

"은서 씨, 지금 뭐 하다 오신 거죠?"

"집에서 밥 먹다가 왔어요. 호호… 그래서 화장도 제대로 못 했네요. 죄송해요."

"죄송하긴요, 오히려 우리가 고마울 뿐이죠. 전혀 예상하지 못했을 텐데 이렇게 와주시다니 정말 놀라운 일입니다. 현탁 씨와는 어떤 관계이길래 이렇게 화장도 못 하고 오셨나요?"

서정택의 언질대로 강정수가 정곡을 찌르기 시작했다.

그들의 관계는 시청자들의 궁금증을 풀어주기 위해서라도

반드시 필요한 내용이었다.

"현탁 씨는 용의 칼 때 만났으니까 벌써 5년이나 되었네요. 워낙 재밌는 분이라 한 달에 두세 번씩 만나서 식사할 정도로 친하게 지내왔어요."

"그럼 친구 사이군요?"

"네, 맞아요. 현탁 씨가 저랑 동갑이거든요."

"허어, 이것 참."

"왜요?"

"서현탁 씨가 의외로 발이 넓어서요. 제가 알기로 강도영 씨하고 강민경 씨도 친구라던데요. 현탁 씨, 이제 막 데뷔한 신인치고는 발이 너무 넓은 거 아닙니까?""

"제가 운이 좋아서 그렇습니다."

서현탁이 우물쭈물 대답하자 강정수의 표정이 묘하게 변했다.

우연?

세상에 우연이란 건 없다.

사람들은 영악하고 잔인해서 자신과 레벨이 맞지 않는다고 생각하면 가차 없이 인연을 끊어버리기 때문에 이런 경우는 극히 드물었다.

그럼에도 강정수는 신은서까지 모두 오자 본격적인 게임을 시작했다.

출연자와 초청 인사가 한 팀이 되어 단어 맞추기 게임을 하는 건데 꼴찌한 팀이 이곳 식사 비용을 전부 내야 한다는 조건이 달려 있었다.

물론 식사 비용은 제작진에서 내겠지만 게임의 긴장감을 위해 강정수가 만들어낸 벌칙이었다.

*　　　　*　　　　*

방창식은 초청 인사들을 찍기 위해 준비하고 있었던 카메라 스태프들과 레스토랑 밖에서 담배를 빼어 물었다.

이제 올 사람은 다 왔으니 녹화장의 일은 PD인 서정택에게 맡겨놓고 잠시 쉴 생각이었다.

벌써 4시간이 넘도록 서 있었더니 죽을 맛이다.

조연출이란 직업은 힘들어도 너무 힘들었다.

출연자 섭외는 물론이고 촬영에 필요한 각 팀의 스케줄을 조정해야 했고 녹화에 필요한 잡일들은 전부 조연출 몫이었다.

담배를 길게 빼물자 연기가 폐를 자극했다가 호흡과 함께 하얀 연기를 뿜어냈다.

좋다.

이렇게 촬영 중에 잠시 쉬는 건 꿀맛처럼 달콤하다.

"얼마나 더 걸릴 것 같냐?"

"이제 2시간 정도만 더 촬영하면 끝날 거예요. 게임만 끝나면 오늘 녹화는 끝이니까요."

"어구구… 허리 아퍼. 나이가 드니까 요즘 들어서 체력이 버티지 못하는 것 같아."

나이가 늙수그레한 촬영 스태프가 담배꽁초를 던지며 죽는다는 소리를 해댔다.

그러면서도 주섬주섬 카메라를 챙기며 이동할 준비를 했는데 녹화장으로 들어가 보조 촬영을 해야 하기 때문이었다.

그를 따라 방창식도 엉덩이를 털고 일어났다.

어차피 녹화가 끝날 때까지는 집에 갈 생각을 할 수 없으니 PD가 찾기 전에 녹화장에 들어가야 잔소리를 듣지 않을 것이다.

검은 승용차가 급하게 다가와 급브레이크를 밟으며 멈춘 것은 그들이 카메라를 챙겨 녹화장 쪽으로 이동할 때였다.

급브레이크 소리에 방창식과 카메라 스태프들이 걸음을 멈추었다.

그러고는 입을 떡 벌린 채 귀신을 본 것처럼 눈을 부릅떴다.

승용차에서 내린 사람이 바로 대한민국의 워너비 스타인 강도영이었기 때문이다.

                    *   *   *

"누가 와?"

―강도영요, 강도영이 도착했습니다!

무전기에서 급하게 들려온 소리에 서정택이 자신의 귀를 의심했다.

강도영이 오다니 이게 무슨 개풀 뜯어 먹는 소리란 말인가.

너무 놀라 아무 소리도 할 수 없었다.

지금 레스토랑의 한가운데서는 강정수가 게임을 시작하기 위해 출연진에게 게임 방식에 대해 알려주고 있었는데 워낙 톱스타들이 출연했기 때문인지 분위기가 시끌벅적했다.

"컷! 잠깐 쉬었다 가겠습니다."

서정택이 강정수를 향해 사인을 보내면서 즉시 촬영을 중단시키고 급히 카메라를 입구 쪽으로 이동시켰다.

지금 게임을 하는 게 문제가 아니었다.

의문을 나타내는 강정수에게 다가가 강도영이 왔다는 사실을 알려주자 그의 눈이 휘둥그레 커졌다.

"신은서가 왔는데 걔는 왜 왔답니까?"

"나도 모르지. 일단 게임은 중지하고 강도영을 맞아들여. 아무래도 오늘 우리 로또 맞은 것 같다."

서정택이 긴장한 표정으로 급하게 손짓하자 강정수가 자기 자리로 돌아가며 급히 멘트를 수정해서 강도영이 들어온다는 사실을 알렸다.

그 사실에 모든 패널과 출연자들이 황당하다는 표정을 숨기지 못했다.

강도영이 왔다고, 왜?

모든 사람이 느낀 감정이 그랬다.

하지만 곧 그 감정은 설렘과 흥분으로 변해서 난리 블루스를 추게 만들었다.

"정말 강도영 씨가 온 거예요?"

유미진이 믿기지 않는다는 얼굴로 강정수를 향해 물었다.

그건 서정은과 신은서도 마찬가지였는데 특히 서현탁은 제 자리에 서서 꼼짝도 하지 않았다.

이 자식이 기어코.

다른 사람들과 느끼는 감정이 다르다.

어쩌면 강도영의 성격상 올지도 모른다는 생각을 했지만 신은서가 오는 순간부터 그런 기대와 우려를 모두 접었는데 미련한 놈이 기어코 사고를 치자 급격하게 표정이 어두워졌다.

눈을 돌려 출입구 쪽을 확인했다.

어두웠던 출입구가 조명을 받으며 환해지면서 강도영의 모습이 보이자 서현탁이 입술을 깨물었다.

전화를 하는 게 아니었어. 전화를…….

녹화장에 있던 사람들이 강정수를 필두로 열렬하게 환영 인사를 하자 강도영이 걸어 들어오면서 어색한 몸짓으로 마주 인사를 한 후 서현탁을 바라봤다.

그의 시선은 녹화장에 들어올 때부터 서현탁에게서 떨어지지 않고 있었다.

뚜벅, 뚜벅.

녹화장까지 들어온 강도영이 곧장 서현탁을 향해 다가갔다.

그런 후 서현탁을 끌어안으며 그의 귀에 대고 중얼거렸다.

"미안해, 현탁아. 일찍 오지 못해서 정말 미안하다."

"강도영 씨, 바빠서 못 오신다고 들었는데 이게 웬일입니까?"

"올 수밖에 없었습니다."

서현탁과 포옹하고 돌아서는 강도영을 향해 강정수가 묻자 무겁고도 당연하다는 대답이 돌아왔다.

뭔가 사연이 있는 음성.

그랬기에 강정수와 패널들의 눈이 의문으로 가득 찼다.

"무슨 특별한 이유가 있다는 뜻이군요. 혹시 그게 뭔지 가르쳐 주실 수 있나요?"

"현탁이가 여기 있으니까요. 저는 현탁이를 위해서라면 무엇이든 해야 하는 사람이에요. 현탁이는 제 목숨보다 더 소중한 친구기 때문입니다."

강도영이 대답을 하고 자신을 바라보자 서현탁의 얼굴이 붉게 달아올랐다.

이 자식아, 네가 언제 목숨을 줬어. 맨날 라면만 끓여달라고 괴롭히던 놈이 말은 잘하네.

하마터면 감동 먹을 뻔했잖아.

서현탁이 그렇게 말하고 있었다. 강도영을 바라보며 피식 웃는 얼굴로.

강도영의 설명에 모든 사람의 입이 동시에 벌어졌다.

서현탁이 '즐거운 토요일'에 출연했을 때 사실 사람들은 그를 경원시했었다.

겨우 영화 한 편과 드라마의 조연으로 출연한 신인이기 때문에 그들과는 레벨이 맞지 않다는 우월감이 그런 짓을 하게 만들었다.

그런데 대한민국을 들었다 놨다 한다는 최고의 슈퍼스타 강도영이 그를 위해 목숨보다 더 소중한 친구라는 말을 하는 순간 놀라서 뒤로 자빠질 뻔했다.

"강도영 씨 이야기를 들어보니까 서현탁 씨와의 관계가 대단하다는 걸 알 수 있겠습니다. 두 분이 처음에 어떻게 만난 거죠?"

기어코 강정수의 입에서 대답하기 어려운 질문이 나왔다.

이곳으로 오면서 예상은 했으나 막상 질문을 받자 거짓말을 해야 한다는 사실이 강도영의 마음을 무겁게 만들었다.

그러나 강도영보다 먼저 나선 것은 서현탁이었다.

그는 강도영이 대답하려는 것을 재빨리 가로챘는데 고등학교 이야기가 나오는 것을 걱정했기 때문이다.

거짓말을 해도 자신이 해야 한다.

혹시라도 나중에 모든 것이 밝혀져도 모든 비난은 자신이 받아야 한다.

"도영이와는 10년 전 연극 무대에서 처음 만났습니다. 그때부터 마음이 맞아 우정을 키워온 사이입니다."

"그렇군요. 저희들은 서현탁 씨가 강도영 씨와 친한 사이라고만 알고 있었는데 이 정도로 우정이 깊은 줄은 몰랐습니다. 현탁 씨, 진즉 이야기하지 그랬어요?"

"이야기할 기회가 없었을 뿐이지 거짓말을 하려고 한 건 아니었습니다."

서현탁이 미안하다는 얼굴로 살짝 고개를 숙이자 강정수가 본격적으로 강도영에 대한 신문을 시작했다.

카메라 쪽에 있던 PD 서정택을 슬쩍 바라보자 그가 미친

듯이 손으로 원을 그리는 게 보였다.

말은 안 했지만 그의 급한 모션만 봐도 자신에게 무엇을 원하는 지 알 수 있었다.

"시청자 여러분, 지금 즐거운 토요일에 대한민국 최고의 슈퍼스타 강도영 씨가 오셨습니다. 먼저 강도영 씨의 인사말을 듣겠습니다. 강도영 씨 시청자 여러분께 한 말씀 해주시죠."

"안녕하세요. 강도영입니다. 이렇게 불쑥 찾아뵙게 돼서 죄송스럽습니다. 즐거운 주말 행복한 시간되시기를 바랄게요."

"강도영 씨, 요즘 '천년의 사랑'이 엄청난 인기를 끌고 있습니다……."

강정수는 예정된 게임을 진행하는 대신 본격적으로 강도영에 대한 인터뷰를 진행했다.

게임을 하기 위해 준비했던 나머지 출연자들은 졸지에 엑스트라가 되고 말았으나 그들 역시 강도영의 대답을 들으며 눈을 반짝거렸다.

본능적인 행동이다.

강도영은 텔레비전에 출연하지 않기로 유명했기 때문에 이런 기회가 아니면 그를 직접 본다는 건 하늘의 별을 따는 것처럼 어려운 일이었다.

특히 서정은과 유미진의 눈은 강도영에게서 떨어질 줄을 몰랐다.

마음에 두었던 사람이었고 동경의 대상이었으며 한동안 짝사랑으로 열병을 앓게 만든 사람이었기에 그녀들은 강도영의 일거수일투족에 초미의 관심을 보냈다.

하지만 서현탁과 신은서는 다른 사람들과 다를 수밖에 없었다.

오지 못하는 것으로 알았는데 불쑥 나타나 스스로 괴로움을 초래하고 있었으니 강도영을 바라보는 그들의 시선은 초조함으로 가득 찼다.

"어떻게 된 거죠?"

"저도 잘 모르겠어요. 저는 도영 씨가 빨리 가보라고 해서 왔거든요. 아휴, 올 거면 온다고 이야기나 해주지."

"저 자식, 계속해서 버벅거리잖아요. 연기는 귀신같이 하면서 이런 곳에 오면 왜 저러는지 몰라. 그러길래 오긴 왜 와. 바보같이."

"그러게 말이에요."

두 사람의 마음이 똑같았다.

강도영을 위하는 마음이 비슷했기 때문인지 사회자와 패널들의 계속되는 질문에 당황스러움을 감추지 못하는 모습을 보면서 안타까움을 숨기지 못했다.

이 자리는 미리 준비된 자리가 아니기 때문에 강정수와 패널들, 심지어 출연자들까지 평소에 궁금했던 것들을 사정없이 묻고 있었다.

신은서가 입술을 깨물 정도로 긴장된 질문이 나온 것은 유미진으로부터였다.

그녀는 계속해서 지켜보다가 평소의 잠버릇에 대해서 대답을 마친 강도영을 향해 불쑥 질문을 꺼내 들었다.

"도영 오빠, 저는 복면가왕에서 여러 번 오빠를 보면서 데이트 신청을 했었어요. 혹시 아세요?"

"아… 그런 일이 있었나요. 저는 모르고 있었습니다."

"지금 방송 촬영 중이지만 큰 맘 먹고 이야기할래요. 오빠, 저하고 데이트 한번 해요. 제가 맛있는 거 사드릴게요."

유미진의 도발에 모든 사람이 뜨악하는 표정을 지었다.

그녀가 복면가왕이 진행될 때 공개적으로 데이트 신청을 했다는 것 때문에 화제가 된 적이 있었으나 그건 몬테크리스토 백작의 정체가 강도영이란 걸 몰랐을 때 일이었다.

더군다나 지금은 방송 중이었는데 그녀는 직설적으로 강도영에게 데이트 신청을 했다.

걸 그룹에 몸을 담았고 아직 새파랗게 젊어선지 그녀는 자신의 감정을 숨기지 않았는데 말을 끝낸 후 대답하라는 듯 빤히 강도영을 바라봤다.

이런 일이 생기면 MC가 중간에 나서서 만류를 하는 게 정상이었으나 강정수는 흥미롭다는 얼굴로 침묵을 지키며 강도영의 대답을 기다렸다.

그는 속으로 쾌재를 부르고 있었다.

슬쩍 PD인 서정택을 바라보자 그 역시 좋아죽겠다는 표정을 한 채 강도영을 향해 시선을 고정시키고 있었다.

강도영의 입이 천천히 열린 것은 모든 사람의 시선이 자신에게 집중된 걸 확인한 후였다.

"그건 안 되겠어요."

"왜죠?"

"제가 미진 씨와 데이트를 하면 질투할 사람이 있기 때문입니다."

"혹시 사귄다는 분 말인가요? 저는 솔직히 오빠가 사귀는 사람이 있다는 거 믿지 못하겠어요. 그렇게 많은 기자가 따라붙었어도 오빠가 사귀는 사람을 못 찾았다고 했거든요."

"분명히 있습니다. 그것도 여기에!"

강도영의 폭탄 발언.

너무 어이가 없으면 말이 나오지 않는 법이다.

유미진이 그랬고 흥미롭게 지켜보던 강정수와 패널들의 얼굴이 놀람으로 사색이 되었다.

녹화장에는 3명의 출연자와 2명의 초청 연예인, 그리고 스태프 쪽에 있는 작가들을 포함해서 여러 명의 여자가 있었으나 모든 사람의 시선이 순식간에 신은서 쪽으로 향했다.

신은서의 얼굴은 강도영이 대답하는 순간 노랗게 변해 있었는데 당황스러움으로 어쩔 줄 모르는 표정이었다.

정신을 차린 것 강정수부터였다.

그는 베테랑답게 정신을 수습하고 강도영을 향해 긴장된 음성으로 질문을 던졌다.

"그 사람이… 누구죠?"

강도영이 말을 꺼낸 순간 히로인의 정체를 단박에 알아챘으나 그는 끝내 정확한 답변을 요구했다.

숨 막힐 정도로 무서운 정적이 녹화장을 장악했다.

강도영의 숨어 있던 연인이 최초로 노출되는 순간이었기 때문이다.

하지만 당사자인 강도영의 표정은 오히려 편안했고 목소리도 다른 때와 달리 침착하게 가라앉아 있었다.

"바로 이분입니다."

강도영이 옆에 있던 신은서의 손을 잡았다. 그러고는 그녀를 향해 해맑게 웃음 지었다.

바보… 바보같이.

손을 잡힌 신은서의 몸이 무섭게 떨리고 있었다.

그녀는 이런 상황이 올 줄은 꿈에도 생각하지 못했기에 손을 잡힌 채 어쩔 줄 몰라 했다.

"우와, 신은서 씨. 아이고… 이게 웬일이래!"

기어코 강도영이 자신의 연인을 밝히자 강정수가 뒤로 먼저 넘어졌고 나머지 사람들이 비명을 질렀다.

녹화장 안에 있었던 사람들뿐만 아니라 촬영에 참여했던 20여 명의 스태프가 전부 소리를 질렀기 때문에 레스토랑에는 탄성이 가득 찰 수밖에 없었다.

어쩐지 이상하다고 했다.

서현탁의 전화 한 통에 화장조차 하지 못하고 달려온 신은서의 행동은 분명 정상적인 게 아니었다.

그럼에도 그러려니 했는데 막상 그녀가 강도영의 연인이라는 사실이 밝혀지자 모든 것이 이해가 되었다.

"도대체 두 분은 언제부터 사귀신 겁니까?"

"꽤 오래되었습니다. 벌써 6년째인 것 같네요. 맞죠, 은서 씨?"

"맞아요."

겨우 평정심을 되찾은 신은서가 대답을 하자 강정수의 얼굴에서 윤기가 좌르르 흘렀다.

특종이다.

즐거운 토요일의 MC를 맡은 이후로 이런 대박 특종은 처음이었기에 그의 목소리는 마구 떨려 나왔다.

그럼에도 그는 중구난방으로 떠드는 패널들의 입을 사정없이 막았다.

"자, 자. 여러분 잠깐만 조용해 주세요. 우리 침착하고 두 분의 이야기를 들어봅시다. 강도영 씨, 6년 전이라면 혹시 두 분이 같이 출연했던 용의 칼 때부터인가요?"

"네, 그때부터였어요."

"정말 기가 막히네요. 어떻게 6년이란 긴 시간 동안 사람들을 감쪽같이 속여올 수 있었을까요. 도대체 데이트는 어떻게 한 겁니까?"

"그건 비밀이에요."

"하하하… 좋습니다. 그렇다면 강도영 씨는 신은서 씨의 어디가 좋았어요?"

"배려가 있고 착했어요. 어떤 남자라도 은서 씨의 매력에 빠지면 헤어나지 못할 정도로 은서 씨는 최고의 여잡니다."

"어이구, 은서 씨는요. 은서 씨는 강도영 씨의 어디가 좋았습니까?"

"모든 여자분들과 같은 마음이었을 거예요. 도영 씨는 더없이 진솔한 마음을 가진 남자예요. 그 외에도 수많은 매력이 있지만 저는 도영 씨의 마음을 첫 번째로 생각했어요."

봇물 터지듯 질문들이 쏟아졌다.

강정수가 하고 나면 패널들이 나섰고 유미진과 서정은이 연이어 질문을 던졌다.

사랑하는 사람들에 대한 시시콜콜한 질문들이 커다랗게 포장되어 끝없이 이어졌다.

서현탁은 강도영의 옆모습을 멀건이 바라보았다.

뭔가 이상하다.

그동안 오랜 시간 동안 숨겨왔던 사랑 이야기를 작정한 듯 떠벌리고 있는 강도영의 모습에서 서현탁은 그가 뭔가를 결정했다는 것을 직감했다.

그리고 그 결과는 얼마 지나지 않아서 곧 나타났다.

거의 30분 동안 질문을 이어나가던 강정수가 쐐기를 박는 질문을 던졌던 것이다.

"강도영 씨, 저희로서는 정말 엄청난 특종에 정신을 차릴 수 없습니다. 두 분이 공개적으로 사귄다는 사실을 처음으로 방송하게 되어 더없이 영광스럽기만 한데요. 혹시 이런 사실을 저희 프로그램에서 말한 이유가 있을까요?"

"은서 씨한테 미안했기 때문입니다. 6년이란 시간 동안 사랑을 키워왔으나 한 번도 사람들 앞에서 우리가 사랑하고 있다는 것을 알리지 못했습니다. 이곳으로 오는 동안 많은 생각을 했어요. 은서 씨는 저를 위해 많은 것을 해줬지만 저는 은서 씨에게 해준 게 별로 없더군요."

"그래서 공개 연애를 선택하신 거군요."

"공개 연애가 아닙니다."

"그게… 무슨 말씀이죠?"

"저는 모든 국민이 지켜보는 이 자리에서 은서 씨에게 할 말이 있어요."

"으······."

강도영의 선언에 레스토랑의 공기가 뜨겁게 변했다.

긴장의 연속.

신은서에게 할 말이 있다는 강도영의 선언은 사람들에게 뜨거운 열기를 발산하도록 만드는 긴장감을 선사했다.

과연 무슨 말일까. 무슨 말이기에 강도영의 표정이 잔뜩 굳어진 것일까.

하지만 그들의 표정은 신은서에 비하면 아무것도 아니었다.

계속된 강도영의 질주에 평온함을 유지하고 있었지만 속으로 안절부절못하던 신은서는 마지막 순간이 되자 침조차 제대로 삼키지 못했다.

이 사람, 설마.

강도영이 신은서의 손은 잡아끌어 자신을 바라보게 만들었다.

그러고는 천천히 그녀를 향해 입을 열었다.

"은서 씨, 당신을 정말 사랑합니다. 당신과 함께 눈을 뜨는 행복한 시간을 늘 상상해 왔어요. 사랑하는 은서 씨, 저와 결혼해 주시겠습니까?"

"그럴게요. 그럴 거예요."

신은서의 눈에서 눈물이 떨어지기 시작한 건 강도영의 말이 끝나기 전부터였다.

그녀의 오랜 기다림.

이제 사랑하는 사람과 함께할 수 있다는 사실이 그녀를 더없이 행복하게 만들었다.

망설이지 않았다.

여기가 어디란 건 아무런 상관이 없었다. 오직 그가 자신에게 청혼했다는 사실만이 중요한 뿐이었다.

행복한데 눈물이 난다.

더없이 뜨거운 눈물이…….

           *   *   *

강도영의 극적인 프러포즈는 금방 언론에 알려지지 않았다.

서정택의 긴급 보고로 인해 국장이 직접 달려와 모든 패널과 출연진, 심지어 스태프들까지 전부 입을 막았기 때문이다.

그들에게 부탁하는 국장의 표정은 마치 아귀를 닮아 있었는데 누군가가 비밀을 누설하면 반드시 보복하겠다는 결의가 가득 담겨 있었다.

대신 방송사에서는 다음 날부터 강도영과 신은서가 '즐거운 토요일'에 출연한다는 예고편을 무차별적으로 터뜨리며 엄청난 사건이 발생했다는 사실을 숨기지 않았다.

시청자들에게 궁금증을 갖게 만들어 시청률을 확보하겠다는 전략이었다.

텔레비전에 출연하지 않는 것으로 유명한 강도영이 불쑥 방송에 출연한 것도 기대되는데 엄청난 사건이 벌어졌다는 것을 언급하자 시청자들은 손꼽아 '즐거운 토요일'이 방송되기를 기다렸다.

이윽고 방송 당일.

박수미와 그 일당들이 다시 모였다.

그녀들은 강도영이 '즐거운 토요일'에 출연하기 때문에 같이 봐야 된다는 핑계를 대며 박수미의 집에 모였는데 여전히 맥주를 산더미처럼 사 왔다.

언제나처럼 친구들이 맥주를 사 오면 박수미가 안주를 준비했다.

"갑자기 나온 거라며?"

"누가 그래?"

"인터넷에 떴어. 초청해서 잠깐 나온 거래."

"이씨, 그거 다 뻥이야. 잠깐 얼굴 비춘 거 가지고 방송사에서 며칠 동안 예고편을 때릴 리 없잖아."

"그런가?"

박수미가 이야기를 꺼냈다가 본전도 뽑지 못하고 입맛을

다셨다.

하긴 박세영의 말이 타당하긴 했다.

요즘 세상에, 더군다나 시청자들이 매의 눈으로 흠을 잡기 위해 혈안이 된 마당에 사기를 쳤다가는 제 명에 살지 못할 테니 그런 거짓말을 할 리가 없었다.

둘이 아웅다웅하는 걸 보던 조미영이 뒤늦게 나서며 입을 열었다.

"야, 그건 조금 있다가 결과를 확인하면 되는 거고, 일단 배부터 채우자. 아직 즐토 시작하려면 30분이나 남았어. 라면 끓일까?"

"좋지."

혼자 사는 여자들이 스스로 밥해 먹는 경우는 그리 많지 않다.

바깥에서 온갖 멋을 낸 채 사회생활을 하는 오피스 걸들은 얼핏 한 마리 고고한 학처럼 보이겠지만 실상을 들여다보면 그렇지 않은 경우가 허다했다.

박수미도 그런 부류였다.

집에 장만해 놓은 건 오직 하나, 김치뿐이었으니 그녀들이 마음껏 먹을 수 있는 건 라면이 전부였다.

뚝딱뚝딱.

참 라면만큼 쉽고 간단하며 맛있는 음식도 드물다.

불과 10분 만에 향기가 폴폴 나는 라면이 맛있게 익은 채 상에 차려지자 그녀들의 얼굴에서 행복한 웃음꽃이 피어올랐 다.

오래된 친구들은 라면 하나로도 행복을 느끼기에 충분하다.

웃고 떠들며 라면으로 배를 채우고 다시 텔레비전 앞에 모 여 앉자 '즐거운 토요일'이 시작되고 있었다.

"뭐야, 왜 도영 오빠는 없어?"

"저게 다야?"

강정수의 소개로 출연자들이 모두 나오자 박세영과 조미영 이 동시에 의문을 나타냈다.

득의에 찬 미소를 흘린 건 박수미였다.

"거 봐라, 이것들아. 내가 뭐랬어. 도영 오빠는 초청 인물로 잠깐 나오는 거라고 했잖아!"

"이씨, 그게 정말인가 보네. 이것들 봐라. 정말 사기 친 모양 일세."

"사기는 아니지. 방송국에서 언제 처음부터 나온다고 했니. 도영 오빠가 나온다고만 했지."

"헐!"

"일단 배도 채웠으니까 마시면서 보자. 맥주 마시다 보면 도 영 오빠 나오겠지."

낙천적인 성격을 가진 조미영이 바닥에 잔뜩 깔려 있는 맥주 캔을 들고 뚜껑을 따서 친구들에게 나눠줬다.

텔레비전을 보는 것도 좋지만 이렇게 맥주를 마시면서 수다를 떠는 건 그녀들의 최대 행복이었다.

똑같다. 다른 예능 프로그램처럼 출연자들과 토크를 하면서 수다를 떠는 게 대동소이했다. 재밌는 건 그 토크 내용의 상당 부분이 강도영에 대한 것이었다.

"유미진, 쟤는 조금 여우처럼 생기지 않았니?"

"네가 나이 잔뜩 먹은 노처녀라서 그래. 저런 걸 보고 남자들은 섹시하다고 말하지."

"야, 나이 서른이 노처녀냐?"

"쟨 스물다섯이야. 우리하고 다섯 개나 차이가 나. 다섯 개면 강산이 열 번도 변할 시간이야."

"으, 분하다."

박세영이 머리를 붙잡고 쓰러지자 나머지가 깔깔거리며 배꼽을 잡았다.

텔레비전에서는 유미진이 강도영에 대해서 이야기를 하고 있었는데 너무 멋있어서 한눈에 푹 빠졌다는 내용이었다.

"미친년, 어디서 걸 그룹 주제에 도영 오빠를 넘봐. 주제넘게."

"너무 그러지 마라. 쟤라고 어디 그러고 싶어서 그랬겠니. 너무 좋으니까 그랬겠지."

"너 어제 절에 갔다 왔어?"

"웬 절?"

"하도 보살님 같은 소릴 하셔서 하는 소리다. 이게 갈수록 이상해진단 말이야."

"키킥킥… 시집갈 때가 돼서 그래."

웃고 떠드는 게 너무 재밌다.

친구들끼리 모여서 이렇게 시간을 보내다 보면 일주일간 쌓인 스트레스가 전부 날아가는 느낌이다.

어느덧 텔레비전에서는 토크가 끝나고 게임하는 장면으로 바뀌었는데 출연자들과 친한 사람들을 초청하는 내용이었다.

"저기서 누군가가 도영 오빠를 초청하나 부다. 당연히 서현탁이겠지?"

"응, 도영 오빠 블로그에 보면 둘이 다정하게 사진 찍은 것도 있잖아."

"호호… 도영 오빠가 어떤 반응을 보일지 재밌겠다."

기대감을 가진 채 열심히 맥주를 마시던 그녀들의 예상은 빗나갔다.

서현탁이 계속해서 다른 사람들과 통화를 시도하고 있었던 것이다.

이윽고 마지막으로 초청한 조명기까지 통화가 되지 않자 강정수가 나서서 강도영에게 전화해 보라는 장면이 나오자 그녀들의 눈이 동그랗게 커졌다.

"나온다, 나와!"

"그럼 그렇지. 방송에서 뻥을 쳤을 리 없지."

침을 꼴깍 삼키며 화면으로 들어갈 것처럼 집중하던 그녀들은 강도영이 오지 못한다는 말을 하고 대신 신은서가 섭외되는 장면을 보면서 한숨을 흘려냈다.

갈수록 이해할 수 없었기 때문이다.

"이런 띠블. 아니, 이게 뭐야. 도영 오빠는 언제 나와!"

"안 나오는 거 아닐까?"

"아우, 답답해. 방송국에 전화해 볼까 부다."

세 명이 동시에 떠들었기 때문에 원룸이 시끌벅적해졌다.

그녀들은 답답함을 숨기지 못했는데 '즐거운 토요일'이 시작된 지 40분이 넘도록 강도영의 모습이 나타나지 않았기 때문이다.

그건 초청 인사들의 모습이 신은서를 끝으로 모두 등장했을 때 절정을 이루었다.

"햐아, 미치겠네. 이것들이 지금 사람을 놀리는구먼. 수미야, 거기 맥주 하나 더 줘봐. 속 탄다."

"여기 있어. 그런데 이상하네. 신은서는 화장도 못 하고 왔어. 쟤 서현탁하고 무슨 관계가 있나?"

"있긴 뭐가 있어. 오랜만에 화면 받으려고 나온 거겠지. 저

것도 콘셉트야. 지가 화장 안 하면 청초하단 소릴 들을까 봐
그런 거라고."

"하여간, 배배 꼬였어. 넌 어떻게 예쁜 애들만 나오면 승질
을 부리니. 그러지 마라. 예쁜 건 예쁜 대로 냅 둬. 그래야 우
리가 초라해지지 않는 거야."

"이게, 절에 갔다 온 게 확실하네. 너 절에 가서 천 배 하고
왔어? 애인 생기게 해달라고?"

"쩝, 그 말 들으니까 정말 절에 가봐야겠네. 아… 우리 임은
어디에 계실까……."

박수미가 입맛을 다시며 기도하는 자세를 만들었다.

그녀는 정말 연애를 하고 싶은 모양이었다.

텔레비전에서 갑자기 출연자들이 허둥거리기 시작한 것은
박수미가 기도하는 자세를 풀면서 자신을 타박한 박세영의
어깨를 찰싹 때렸을 때였다.

"뭐야, 뭐야?"

"우와, 도영 오빠가 왔다. 어떻게 된 거지. 못 온다고 하더니
어떻게 온 걸까?"

"역시 도영 오빠 멋있어. 그냥 빛이 나는구만, 빛이 나."

강도영이 화면에 등장하자 세 여자가 난리굿을 벌였다.

그녀들은 강도영이 나타나면서부터 대화를 멈추고 시선을
집중시킨 채 귀를 쫑긋 세웠는데 한마디도 놓치지 않으려는

자세였다.

　─현탁이는 제 목숨보다 소중한 친굽니다. 제가 여기 온 것은 그 이유 때문입니다.

　강도영의 말이 끝나자 동시에 탄성을 터뜨렸다.

　"거 봐, 거 봐. 서현탁하고 친하다고 했지. 야아, 도영 오빠 정말 멋있어. 일본에서 온 공연 기획사 사람들 만나러 간다는 거 취소하고 왔다는 거잖아?"

　"그런가 보네."

　"친구 때문에 일까지 취소하고 올 정도면 도대체 어떤 사인 거야. 넌 나를 위해 그럴 수 있어?"

　"나 회사 짤리면 네가 먹여 살려줘. 그러면 갈게."

　"지랄, 우리 애인도 못 먹여 살리는데 널 어떻게 먹여 살리냐?"

　"조용히 좀 해봐, 이것들아. 도영 오빠 말하는 것 좀 듣자!"

　박수미와 박세영이 투덕거리자 조미영이 또 소리를 질렀다.

　하여간 이것들 때문에 텔레비전도 제대로 못 보겠다는 표정을 지은 채 그녀는 둘을 째려봤다.

　그녀들의 눈이 휘둥그레 변한 것은 신변에 관한 자잘한 질문들이 끝나고 유미진이 불쑥 나서며 데이트 신청을 했을 때였다.

"어머머… 저런 미친년을 봤나."

"아이고, 어린 게 좋다, 좋아. 아주 대놓고 좋다고 떠드네."

하지만 그녀들의 입을 떡 벌리며 대화를 멈춘 건 강도영의 대답 때문이었다.

강도영이 이곳에 사랑하는 사람이 있다는 말을 했던 것이다.

패널들과 출연진이 그 말에 충격을 받은 것처럼 꼼짝하지 못했을 때 그녀들도 눈을 부릅뜨고 화면에 시선을 고정시켰다.

아, 이게 웬 말이란 말인가.

그녀들이 숨을 멈출 것처럼 놀란 것은 강도영이 신은서의 손을 잡고 프러포즈를 하는 장면이 나왔을 때였다.

"아우, 심장 떨려. 몰라, 몰라. 나 죽을 것 같아. 저런 프러포즈가 어디 있어. 이씨… 우리 민규 씨는 도대체 뭐 하는 거야!"

                    *   *   *

대한민국이 또 한 번 난리 속에 빠져들었다.

대한민국뿐만이 아니다.

강도영의 기습적인 프러포즈는 대한민국은 물론이고 가까운 일본, 중국과 아시아 국가들, 심지어 미국에까지 빠르게 퍼져 나갔다.

모든 언론이 강도영의 청혼을 일면 톱으로 장식하며 떠들어 댔는데 인터넷에서는 온통 두 사람의 이야기뿐이었다.

―더없이 잘 어울리는 두 사람. 행복하길 바랄게요.
―악, 안 돼. 오, 내 사랑. 나를 버리고 가지 마세요.
―이런 젠장, 이럴 줄 알았어. 내가 이럴 줄 알았다니까. 이제 지붕 위에 있는 닭도 쳐다보지 못하는 내 신세는 어쩌라고!
―TV에서의 공개 청혼. 죽여준다. 아, 부럽다, 부러워.

축하하는 사람, 아쉬워하는 사람, 부러워하는 사람들.
인터넷에 올라온 기사마다 수백 개씩의 댓글이 달렸지만 강도영을 욕하는 사람은 아무도 없었다.
그의 프러포즈가 너무나 극적이었고 매력적이었기 때문이다.

*   *   *

"밥 다 됐니?"
"아직요. 엄마, 그만 물어봐요. 벌써 몇 번째예요."
"국은?"

"큰일 났네, 우리 엄마. 이러다가 막상 얼굴 보면 쓰러지겠어."

신은미가 손연숙을 향해 걱정스러운 눈길을 보냈다.

손연숙은 오늘 강도영이 온다는 사실에 초긴장 상태에 빠져 있었다.

물론 그녀도 떨리기는 마찬가지였으나 손연숙이 너무 긴장하는 것을 보며 슬그머니 신경질이 올라왔다.

그녀가 결혼하기 전 자신의 신랑을 데려왔을 때는 이런 모습을 보이지 않았기 때문이다.

하지만 그런 감정을 나타내지는 않았다.

다른 사람도 아니고 강도영이다.

현재 대한민국은 물론이고 일본, 중국을 비롯해서 동아시아 쪽을 통틀어서 최고의 스타가 바로 그였다.

강도영이 집으로 방문해서 저녁을 먹겠다는 말을 신은서에게 전달받는 순간부터 온 집안은 전쟁터를 방불케 했다.

주말이면 골프를 치느라 집을 비우던 아빠는 물론이고 친구들과 놀러 다니느라 코빼기도 볼 수 없었던 신은경까지 온 식구가 비상 상태로 대기 중이었다.

아침부터 온 집 안 대청소가 시작되었고 점심이 지난 후부터 저녁상을 마련하느라 눈코 뜰 새가 없었다.

이건 뭐, 사윗감을 선보는 게 아니라 대통령이라도 오는 것 같았다.

"지금 어디라니?"

"10분 전에 출발한다고 했으니까 20분은 더 걸릴 거예요. 준비는 거의 다 됐으니까 걱정하지 마요."

"그래그래. 그런데 차는 커피가 괜찮을까? 뭐 좋아하는지 물어볼 걸 그랬나?"

"엄마, 그냥 커피 마시라고 해. 뭘 그런 걸 물어봐."

이번에는 답답하다는 듯 엄마의 극성에 다시 한 번 청소기를 돌리던 신은경이 나섰다.

그녀는 벌써 예쁜 분홍색 원피스로 단장한 상태였는데 누가 보면 지가 시집갈 여자로 보였다.

신국환은 주방에서 투탁거리는 세 여자를 바라보며 푸근한 미소를 흘렸다.

드디어 강도영이 인사를 하기 위해 찾아온다.

누구보다 아름다운 자신의 딸 신은서를 데려가겠다는 약속을 하기 위해서 말이다.

20분은 금방 지나갔고 경쾌한 벨소리와 함께 손연숙의 핸드폰이 요란하게 울렸다.

"어, 은서야. 어디니?"

─우리 지금 올라가요.

"그래. 알았어."

통화 종료를 누른 손연숙의 얼굴이 노랗게 변하며 가족들을 향해 소리를 질렀다.

"여보, 온데요! 지금 올라오고 있어!"

『스크린의 별』 8권에 계속…

이제부터 전자책은

이젠북

www.ezenbook.co.kr

새로운 세계가 열린다!

김재한 『성운을 먹는 자』　철백 『대무사』
니콜로 『마왕의 게임』　가프 『궁극의 쉐프』
이경영 『그라니트:용들의 땅』　문용신 『절대호위』
탁목조 『일곱 번째 달의 무르무르』　천지무천 『변혁 1990』
강성곤 『메이저리거』　SOKIN 『코더 이용호』

이름만 들어도 황홀할 정도의 별들의 향연!
이들의 "유료연재"가 시작됩니다!

검색창에 **이젠북**을 쳐보세요!　▼

초대형 24시 만화방

신간 100%, 샤워실, 흡연실, 수면실(침대석), 커플석, 세탁기 완비

▪ 광명 광명사거리역점 ▪

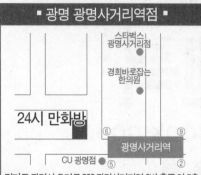

경기도 광명시 오리로 986 광명사거리역 6번 출구 앞 5층
02) 2625-9940 (솔목타워 5층)

▪ 강북 노원역점 ▪

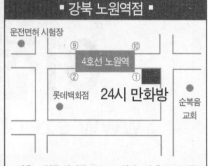

서울 노원구 상계동 340-6 노원역 1번 출구 앞 3층
02) 951-8324 (화용빌딩 3층)

▪ 일산 정발산역점 ▪

경찰서
제2 공영주차장
24시 만화방

정발산역
롯데백화점

E C A
라페스타
F D B

라페스타 E동 건너편 먹자골목 내 객잔건물 5층
031) 914-1957

▪ 일산 화정역점 ▪

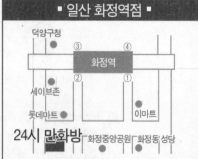

경기도 고양시 덕양구 화정동 984번지 서일빌딩 7층
031) 979-4874 (서일사우나 건물 7층)

▪ 부천 역곡역점 ▪

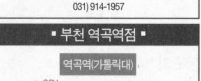

역곡남부역 기업은행 건물 3층
032) 665-5525

▪ 부평역점 ▪

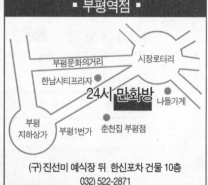

(구) 진선미 예식장 뒤 한신포차 건물 10층
02) 522-2871

크레도 장편소설
FUSION FANTASTIC STORY

톱스타 이건우

열정만으로 성공하는 것은 아니다!

어중간한 실력으로 허송세월하던 이건우.

그의 앞에 닥친 갑작스러운 사고와 함께 떠오르는 기억.

'나는 죽었는데 살아 있어. 그건 전생? 도대체……'

전생부터 현생까지 이어지는 인연들.
그리고 옥선체화신공(玉仙體化神功)……

망나니처럼 살아온 이건우는 잊어라!
외모! 연기! 노래!
삼박자를 모두 갖춘 최고의 스타가 탄생한다!

Book Publishing CHUNGEORAM

유행이 아닌 자유추구 -
WWW.chungeoram.com

전생부터 다시

FUSION FANTASTIC STORY

홍성은 장편소설

죽음으로 모든 걸 끝내고 싶지 않아
인간으로 환생하게 된 대마법사, 로렌 하트.

그러나 알 수 없는 괴물의 등장으로 인해 인류가 멸망해 버리고
홀로 살아남은 그는
고독과 외로움에 다시 한 번 더 환생을 결심하는데……

하지만 현생을 반복하는 것만으로는 의미가 없다.
시간을 되돌려 대마법사가 되기 전의 시절로 되돌아갈 것이다!

대마법사 로렌 하트, 전생부터 다시 시작한다!

Book Publishing CHUNGEORAM

유행이 아닌 자유추구
WWW.chungeoram.com